33,00

ESPERANÇA PARA VOAR

CB056794

RUTENDO TAVENGERWEI

ESPERANÇA PARA VOAR

Tradução
Carolina Kuhn Facchin

kapulana

São Paulo
2018

Copyright © Rutendo Tavengerwei, 2018
Publicado originalmente em inglês como Hope Is Our Only Wing pela
Hot Key Books, um selo da Bonnier Zaffre Limited, London
Copyright © 2018 Editora Kapulana Ltda. – Brasil
Os direitos morais da Autora foram garantidos.

Título original: Hope is our only wing

Direção editorial: Rosana M. Weg
Tradução: Carolina Kuhn Facchin
Projeto gráfico: Daniela Miwa Taira
Capa: Mariana Fujisawa

Dados Internacionais de Catalogação na Publicação (CIP)
(Câmara Brasileira do Livro, SP, Brasil)

Tavengerwei, Rutendo
　Esperança para voar / Rutendo Tavengerwei;
tradução Carolina Kuhn Facchin. -- São Paulo:
Editora Kapulana, 2018.

　Título original: Hope is our only wing.
　ISBN 978-85-68846-35-3

　1. Ficção zimbabuana 2. Literatura africana
I. Título.

18-15135　　　　　　　　　　　　　　　　CDD-zi823

Índices para catálogo sistemático:
1. Ficção: Literatura zimbabuana zi823

Cibele Maria Dias - Bibliotecária - CRB-8/9427

2018

Reprodução proibida (Lei 9.610/98).
Todos os direitos desta edição reservados à Editora Kapulana Ltda.
Rua Henrique Schaumann, 414, 3º andar, CEP 05413-010, São Paulo, SP, Brasil
editora@kapulana.com.br – www.kapulana.com.br

11	**Parte Um** *Janeiro de 2008*
41	**Parte Dois** *Três semanas antes*
65	**Parte Três** *Seis semanas depois*
95	**Parte Quatro** *Um dia depois*
139	**Parte Cinco** *A semana seguinte*

Para meus queridos pais,
Simbarashe e Jenifer Tavengerwei.
Obrigada por, entre tantas outras coisas,
terem me apresentado ao mundo
da escrita e das histórias.

Querido leitor,

Quando criança, eu escutava, fascinada, meu avô contando histórias. Eu ficava maravilhada com sua expressão e paixão. E quando chegava a hora de dormir, meus pais se revezavam, contando histórias de ninar. Os caminhos que eu fazia em minha mente eram maravilhosos, mas o que eu mais amava nessas histórias eram as mensagens que elas traziam.

Por isso, quando eu escrevi Esperança para voar, queria contar uma história que trouxesse uma mensagem. Uma história que não subestimasse quão difícil a vida pode ser, mas que também não ignorasse o quanto a esperança pode nos dar forças para seguir em frente. Mais do que tudo, eu queria compartilhar uma história sobre o meu lar, o Zimbábue.

Eu cresci com o conhecimento de que o Zimbábue era a zona cerealista da África, e meu coração se partiu quando tudo mudou. Mas o que raramente se conta é o seguinte: mesmo que esse tenha sido um tempo em que as pessoas poderiam ter facilmente se quebrado, a resiliência que eu presenciei foi fenomenal. Eu vi uma esperança que eu desejo que sobreviva e nos guie para tempos melhores.

Este é um livro inspirado no que realmente aconteceu. Uma história sobre um lugar que eu amo. Espero que, conforme você leia, você fique bravo, chocado, ria, e talvez até chore em alguns momentos. Mas eu espero que você se lembre, mesmo com toda essa emoção, que precisamos de esperança para voar!

Rutendo Tavengerwei

Parte um
Janeiro de 2008

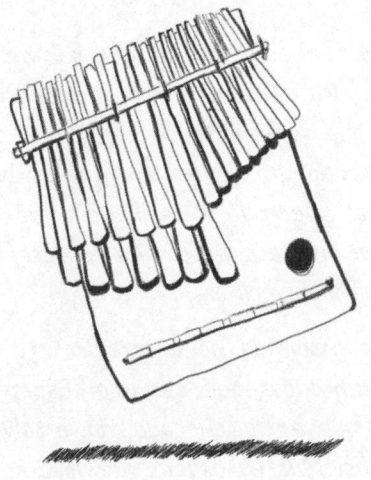

1

O coração de Shamiso se quebrou em um calafrio. Ela ouvia o percurso jazzístico da *mbira*[1] em espirais pelo ar. O pai teria amado este som. Ela olhou para a mãe, que estava ao seu lado, abanando o pescoço suado. Ela parecia preocupada. A música continuou tocando, dolorosa e familiar.

Quando Shamiso tinha oito anos, o pai tinha insistido que ela aprendesse a tocar. As teclas de metal machucavam as pontas dos dedos quando ela as pressionava. Uma série de notas confusas que se atropelavam para formar uma discórdia gloriosa. A frustração tinha sido demais para uma criança de oito anos, piorada pelo fato de nenhuma das crianças na escola saber o que era aquele instrumento.

Shamiso escutou a voz da *mbira* se erguer orgulhosamente. Quem quer que estivesse tocando, sabia o que estava fazendo. Ela conseguia ouvir um zumbido ao fundo, que ia bem com a canção. E neste barulho magnífico flutuavam todas as memórias e todos os sentimentos que ela estava tentando ignorar.

A mãe permanecia ao seu lado, tentando decidir para onde elas deviam ir. Shamiso sentia-se anestesiada, olhando para baixo, para seus sapatos novos e brilhosos, e escutando a música que perturbava o ar.

– Shamiso... – a mãe hesitou. – Você está bem?

– Eu já falei – Shamiso murmurou, prendendo a respiração. – Eu não quero ir para um internato. Especialmente aqui!

---

[1] mbira: instrumento musical encontrado na maior parte da África. Também chamado "guitarra de mão".

Ela assistiu a mãe secar o pescoço molhado como se não tivesse escutado. A blusa dela estava colada na pele, úmida de suor.

— Não há tempo pra chorar — a mãe disse, doce. — Seque suas lágrimas, *mwanangu*[2]. Você vai ficar bem — disse, indicando o prédio da administração na frente delas.

Shamiso enxergou a exaustão no rosto da mãe quando elas pegaram a bagagem e se dirigiram à recepção. Elas sentaram na sala de espera e olharam ao redor. O jovem atrás da mesa da recepção parecia preso em um tsunami de ligações. As paredes eram forradas de fotos de ex-alunos em diferentes eventos de diferentes anos. Shamiso conseguia escutar partes da conversa de dois homens que estavam parados na porta.

— ... sim, mas nos mantendo afastados... nós... estamos só punindo as crianças — um dos homens disse, de forma bastante lenta. Shamiso manteve a cabeça abaixada, concentrando-se nas notas da *mbira*.

— Você está começando a parecer aquele jornalista... — o outro homem comentou.

Shamiso levantou a cabeça. Os homens pareciam ser professores, mas ela mal podia escutar o que diziam. Ela se inclinou para o lado deles.

— Claro... nós... temos que ser espertos agora — o primeiro homem continuou, falando mais alto.

Uma bolha de raiva se formou na garganta de Shamiso. Ela tentou se manter calma. Seus ouvidos detectavam a música, que estava lentamente se transformando em uma canção. Ela se perguntou se algum dia ela teria tocado desse jeito.

As notas cutucavam seu cérebro. O pai costumava dizer que, para ele, este som representava o lar; uma guitarra roubada da natureza. Ela fechou os olhos. Memórias apareceram, vívidas, em sua mente. Os dedos dele dançando nas pequenas teclas; os lábios dele

---

[2] mwanangu: minha filha.

contraídos, a música rodopiando. Ela prendeu a respiração, com medo de expirar cedo demais e perdê-lo.

Uma voz inesperada a trouxe de volta para o presente:

– Aaah, é seu primeiro dia, é?

Shamiso abriu os olhos e os secou com as costas da mão. Uma garota estava na sua frente, segurando uma pilha de livros. Seu cabelo encaracolado estava preso firmemente em um coque. Ela parecia estar a caminho da sala dos professores.

– Recém-chegada ou ano inicial? – a garota perguntou.

– Sou nova... – Shamiso murmurou.

– Mas olha só! Parece que temos uma britânica – a garota anunciou.

Shamiso rangeu os dentes. A porta da sala dos professores se abriu de repente. Uma professora estava na entrada, bloqueando a visão como se a sala fosse um destino sagrado que os alunos não podiam ver. Tudo que Shamiso ouvia eram risadas enquanto a professora mandava a garota entrar na sala.

– Bom, não se preocupe, Majestade, com certeza vai ficar pior. Receio que a Rainha não venha aqui tomar chá – a garota disse, tentando imitar o que ela pensava ser um sotaque britânico, antes de seguir a professora para dentro.

Shamiso se segurou para não ir atrás dela. Ela estava há tão pouco tempo no país e já tinha certeza de que não gostava nem um pouco dele.

2

Shamiso estava ao lado da diretora da escola. A mãe tinha ido embora – não que Shamiso quisesse que ela ficasse. A diretora pediu que o resto da turma se sentasse.

Shamiso estava inquieta. Sentia as axilas ardendo e o medo ridicularizando seu rosto. Da última vez em que ela estivera em um lugar novo, o pai estava com ela. As coisas sempre pareciam se ajeitar quando ele estava no comando. Puxou os punhos das mangas do cardigã e segurou-os firmemente

– Bom dia, turma – a voz de *hadeda*[3] da diretora ecoou. Ela examinava a classe como uma deusa, com as mãos pregadas aos lados do corpo e os óculos balançando na ponta do nariz. Vestia um terninho azul marinho impecável, que enfatizava seu rosto severo. O cabelo grisalho, crespo e escasso parecia cansado, como se ela só tivesse mais um ou dois anos antes de ficar careca.

– Escutem; a senhorita Muloy está aqui comigo. Ela é nova e vai se juntar a nós neste semestre. Quero deixar claro que aqui na Oakwood nós nos orgulhamos muito da nossa hospitalidade – ela pausou, provavelmente para causar um efeito. Os óculos dela tinham escorregado até a pontinha do nariz e ela colocou uma mão no ombro de Shamiso. – Tem uma mesa vaga no fundo. Você pode ir até lá.

Era óbvio que Shamiso não queria estar ali. Seus punhos estavam grudados ao quadril e sua respiração estava pesada. Ela olhou para os alunos, cada um com algum tipo de livro em sua frente e colocados perfeitamente em suas mesas, como se alguém tivesse alinhado todos

---

[3] hadeda: pássaro encontrado na África subsaariana. O nome vem do som que o pássaro faz quando se assusta ou se sente ameaçado ("haa-dee-daa").

cuidadosamente. Suas camisas eram de um branco chocante, as meninas vestiam cardigãs verdes, e os meninos, marrons.

A sala, por outro lado, estava velha, com a tinta descascando e Post-its antigos colados às paredes, janelas com molduras enferrujadas e piso de madeira. Ela olhou para o piso. Ela se identificava com a aparência cansada e malcuidada.

– Você pode sentar – a diretora disse, mas era como se Shamiso não estivesse em seu corpo. Ela continuou de pé, quase atordoada, os pés formando um tipo de conexão com o piso.

– Sentar ou não sentar, eis a questão – um dos alunos brincou. O resto da turma caiu na gargalhada e Shamiso voltou para a realidade.

– Quietos! – a diretora disse e então dirigiu-se a uma das meninas sentadas na primeira fileira. – Paida, você não deveria estar mantendo a turma sob controle até o professor chegar? – os olhos de Shamiso se arregalaram. A garota! Era a garota da recepção! Ela se virou para a diretora.

– Senhora, por causa da greve a srta. Ndlovu não tem vindo dar aula. Nós temos lido peças de Shakespeare. Acho que o Tinotenda está se referindo a isso – a menina disse, com um sorriso irônico.

A diretora parou na porta.

– As coisas não têm estado fáceis para a equipe, mas eu vou falar com a srta. Ndlovu – ela pausou. Três linhas se formaram em sua testa. – Paida, posso confiar que você vai ajudar na adaptação da senhorita Muloy?

– Sim, senhora! – a menina respondeu, confiante.

Assim que a diretora se afastou o bastante, a turma irrompeu em conversas. Só uma coisa agradava Shamiso nesta situação: ela podia ficar sentada no fundo, escondendo-se e fingindo ser parte da parede. Ela abriu a mesa, lutando contra o caroço em sua garganta. Precisava se acalmar. A mãe tinha insistido nessa escola. Ela estava convencida de que só uma escola missionária garantiria uma educação de qualidade, e gastou tudo que tinha para pagar as taxas.

Oakwood High era uma das poucas escolas missionárias restantes no país, construída pelos missionários durante a guerra de libertação dos tempos coloniais. Ela ficava perto de Chinhoyi, a apenas alguns quilômetros da capital, Harare. A escola estava lá há anos, prosperando devido a sua taxa de aprovação excepcional e aos seus bons princípios.

Viajar até a Oakwood tinha sido, praticamente, um pesadelo. Como a gasolina estava escassa, só alguns ônibus iam até Chinhoyi todos os dias. O ônibus estava lotado além da capacidade máxima, apesar do calor. Shamiso se apoiou na janela da sala de aula, sentindo-se grudenta e sedenta por ar fresco. Ela secou o suor da testa e observou o enorme carvalho no pátio da escola. Ele a fazia pensar em sua casa.

– Sabe, é sempre uma boa ideia chegar um dia antes. Evita o estresse e a frustração – disse a aluna sentada na mesa da frente, virando-se para encará-la. Ela tinha uma voz delicada, suave como ondulações na água, e um sorriso que se acendia como gasolina. Ela estendeu a mão.

Shamiso fechou a tampa da mesa, os olhou passando do rosto da menina para a mão estendida. Ela tinha olheiras que pareciam carregar um universo de cansaço. Shamiso a encarou por mais um segundo e desviou o olhar. Viu uma mbira debaixo da cadeira da menina. Piscou rapidamente, pegou a mochila e encontrou um livro.

– Você vai precisar de amigos por aqui – a menina disse, dando uma risadinha. – Quando você perceber isso, meu nome é Tanyaradzwa.

3

A mãe de Shamiso estava no ônibus a caminho de casa. Ela sabia que a filha odiava o novo lar. Honestamente, ela também odiava. Mas precisava se manter firme para que elas pudessem superar isso tudo. Olhou pela janela, assistindo as árvores que ficavam para trás. As mensalidades da escola de Shamiso iam mutilar as suas economias. Mas ao menos o novo ambiente distrairia a filha por algum tempo. Ela se abanou com a mão. A última vez que ela havia passado por essa estrada tinha sido para ir com o marido visitar as famosas cavernas de Chinhoyi. Ele a tinha pedido em casamento naquele dia. Ela sorriu lembrando-se de como ele estava nervoso dirigindo até lá. Nem parecia real.

Ela se perguntou se essa tinha sido uma das muitas vezes em que ele estava atrás de uma história. Memórias começaram a aparecer, e ela as afastou. Ela tinha preocupações mais importantes agora. Precisava encontrar um jeito de cuidar da filha; descobrir como conseguiria dinheiro. Tudo isso a pegou de surpresa! Mas o tempo não é amigo de ninguém. O aconchego eventualmente vai embora e o tempo libera sua raiva em um único golpe.

4

Uma série de guinchos se espalhou pela sala conforme as cadeiras eram arrastadas pelo piso da sala de aula, todos os alunos levantando-se apressadamente. Todos, exceto Shamiso. Ela permaneceu sentada.

Um homem baixinho de meia-idade estava em frente à turma. Ele segurava um livro em uma mão, e com a outra acariciava a barba meticulosamente aparada. Ela quase não conseguia ver seu rosto. Ele pausou por um momento antes de colocar o livro na mesa de mogno em sua frente, e começou a caminhar entre as fileiras de alunos, inspecionando a sala com um olhar preguiçoso. Quando ele se aproximou, Shamiso o reconheceu, e ficou desconfortável. Era um dos homens que vira mais cedo, no prédio da administração.

Tanyaradzwa olhava de relance, a expressão em seu rosto evidentemente aconselhando Shamiso a levantar. Ela sabia que deveria ficar de pé, mas a teimosia se endureceu em seu peito.

O homem continuou andando, com uma mão no bolso, os passos calculados, como se estivesse se preparando para atacar uma galinha distraída. Os joelhos dele se recusavam a dobrar, então ele arrastava os pés.

Quando ele se aproximou da sua mesa, Shamiso colocou-se de pé em um pulo, evitando contato visual. Ele parou ao seu lado, a respiração tocando a pele do rosto dela.

– Hmm – ele murmurou. – Por favor, não se levante por minha causa – pausou. – Seu nome?

As pausas exageradas que ele fazia irritavam Shamiso. Ele parecia exagerar na articulação de cada palavra, sem pressa, como alguém procurando piolho na cabeça de uma criança. Ela se virou para encará-lo. Ele estava com um sorrisinho orgulhoso no rosto, pronto para impor sua autoridade. Ela notou algumas gotas de suor no rosto dele e ficou feliz ao perceber que ele estava cozinhando no calor, vestindo seu terno elegante cor de café.

– Hmm... Shamiso. Shamiso Muloy – ela disse, e seu sotaque polido causou ondas de risadas por toda a turma. Tinotenda imitou-a disfarçadamente até o professor lançar um olhar duro na sua direção.

Ele encarou Shamiso por mais um segundo, como se a reconhecesse de algum lugar, depois virou-se e começou a andar até a mesa.

– E você é...? – perguntou Shamiso.

Ele parou. A turma transbordou em burburinhos, todos nervosos por ela.

– Perdão? – ele disse.

– Você é...? – ela repetiu, segurando a voz para que não tremesse.

O professor se aproximou, colocando o rosto dentro do espaço dela. Ele arqueou a sobrancelha esquerda levemente. Ela recuou a cabeça.

Toda a turma estava olhando na direção deles, alguns impressionados, outros achando graça, esperando para ver o que aconteceria em seguida.

– Por que estou escutando barulho? – ele respirou, inclinando a cabeça e virando para o grupo de meninas mais perto dele. Imediatamente, todos ficaram em silêncio.

Virou-se novamente para Shamiso. A mão direita estava no bolso, e a esquerda segurava um pedaço de giz.

– Parece que isso aqui vai ser divertido... não é? – ele indicou que a turma podia sentar-se, então pausou, puxando as barbas. – Mas talvez você não devesse sentar, sabe... Para o que o seu cérebro guarde o meu nome... Como o meu vai guardar o seu. É senhor Mpofu... Não se preocupe... Eu garanto... que você com certeza não vai esquecer.

Ele encarou Shamiso, assegurando-se de que um arrepio descesse pela sua espinha. Shamiso revirou os olhos e olhou pela janela que ficava ao seu lado. O coração dela batia rapidamente e ela permaneceu em pé, desconfortavelmente. A voz do professor ecoou na sala.

– Então, turma... Hoje nós vamos estudar equações – ele disse, folheando o livro de exercícios. – Tem um exemplo... na primeira página... vocês sabem o que fazer... – o senhor Mpofu encarava o livro de forma estranha, o rosto perto demais do papel.

– Com licença, eu não entendi essas instruções – Shamiso disse, a voz revelando um leve tremor de medo. Ela olhou para o resto da turma, nervosa. Ela tinha se tornado um grande espetáculo!

– Hmm... Bom... Se a maioria de vocês acertar... vou permitir que vocês prossigam com os exercícios de hoje... – o sr. Mpofu a ignorou, o rosto enterrado no livro de exercícios. Ele escolheu um pedaço de giz e escreveu algo na lousa, a velocidade das mãos contrastando com sua personalidade.

Shamiso estudou os números e símbolos cuidadosamente.

– Com licença... – ela disse, hesitante. – Eu acho que você errou.

– O que você disse? – ele perguntou, tirando o rosto do livro.

– A equação está errada. Tem um parêntese ali, então você deve multiplicar primeiro, antes de dividir.

– Ah... então você pensa que é um gênio? – ele disse, inspecionando a lousa para verificar a resposta.

Ele encarou o quadro por um pouco mais de tempo, então olhou para Shamiso, os olhos perfurando a carne dela. Sem nem mais uma palavra, ele apagou a resposta e escreveu outra. Sussurros surgiram por todos os lados. O professor se virou para encarar a turma, estreitou os olhos, e virou-se novamente para a lousa.

– Tente resolver esta... Já que você é um gênio – ele disse, escrevendo uma nova equação.

Shamiso mastigou o próprio lápis e o encarou com um olhar vazio.

– Nossa amiga está com dificuldades... O que aconteceu agora?

Shamiso estralou os dedos um por um, com os olhos fixos nele.

– 38b.

Ele olhou para ela por algum tempo, então foi até a última página do livro com uma velocidade que indicava urgência. Ele olhou novamente para a lousa e depois para a resposta no livro. Um sorriso seco apareceu em seu rosto. Ele bateu palmas, mas logo parou. Bateu uma vez... outra... e outra, dramático e lento.

– Estou... impressionado. Você já havia realizado este problema... na sua antiga escola?

– Não – um sorrisinho a pegou de surpresa, curvando seus lábios. – Eu já acordo assim.

Toda a turma caiu na gargalhada. O sr. Mpofu começou a puxar as barbas de novo, caminhando lentamente em frente à turma.

– Sem essa atitude petulante, você pode ir longe – ele assentiu. – Bom, turma... A tarefa de hoje está na lousa. Eu quero os livros... na sala dos professores... amanhã de manhã cedo. E o capítulo inteiro para nosso gênio da matemática aqui... Sessenta e oito equações para resolver.

Shamiso começou a protestar, porém, vendo a expressão no rosto dele, parou. Aceitou o desafio.

5

O sinal tocou, marcando o final do primeiro período de atividades do dia. Hora do almoço! Os alunos se apressaram até o refeitório, que ficava a uma curta distância.

— Você acha que pode fazer isso sozinha? — perguntou Tanyaradzwa.

Shamiso a ignorou completamente. Tanyaradzwa deu de ombros.

— Você que sabe — arrumou as alças da mochila antes de sair da sala.

Shamiso esperou até que Tanyaradzwa saísse da sala e seguiu a multidão, andando pela alameda larga e cheia de jacarandás e árvores de goma balançando contentes nas calçadas. Ela inspirou o cheiro forte. Um caroço se formou em sua garganta. O pai sempre falava do antigo festival, quando os jacarandás comemoravam o nascimento de novembro. Isso acontecia há tempos, depois da guerra de libertação, quando o pai era só um menino crescendo na vila junto com um patriotismo e um zelo estrondoso para servir sua Nação recém-nascida. Quando o país tinha passado de Rodésia para Zimbábue.

O pai contava histórias sobre a guerra, a "luta de guerrilha". Contava sobre como o país tinha sido reconquistado pelos revolucionários, saindo das mãos dos colonialistas. Contava sobre como queria ter participado, lutado pelo país, pela liberdade do seu povo. O problema é que ele era jovem demais na época. Mas, já mais velho, morando na cidade, tinha tentado servir o país do seu jeito: escrevendo. Ela lembrava do discurso emocionado de um de seus artigos sobre como a luta pela libertação tinha mudado tudo.

A brisa gentil das árvores a acompanhava em seu caminho solitário até o refeitório. Ela secou a testa novamente. Já fazia muito tempo, e ela era muito nova, mas não lembrava de ser assim, tão quente. Olhou para o céu azul e límpido, tão diferente do céu de Slough, que normalmente era cinza.

As amigas de lá perguntaram, antes de ela ir embora, se ela ia viver com tigres e elefantes na floresta, como o Tarzan. Ela quase não lembrava da vida no Zimbábue, mas, ainda assim, achou estranho que elas perguntassem isso. Sorriu com a lembrança. Tudo que podia fazer era torcer para que a distância não engolisse as amigas, esgotasse seus esforços e desgastasse todas as memórias. Ela sentia saudade das amigas de Slough. Especialmente Mary-Allen e Katlyn. De quando elas se encontravam para fazer nada. Agora tudo dependia da diferença de fuso-horário, do calendário escolar e de uma conta de telefone alta demais, que ela mal podia pagar. Mesmo assim, era difícil não se sentir magoada pelo fato de elas não fazerem muito esforço, especialmente porque elas sabiam pelo que ela tinha passado. Mas era por isso que não precisava de amigas. Porque no fim das contas, de um jeito ou de outro... todo mundo ia embora.

Sua sombra cintilava em frente, uma lembrança de como era solitária. Ela sentiu infinitos olhares incisivos sendo lançados em sua direção e acelerou o passo, ansiosa para chegar ao refeitório. O holofote parecia tê-la selecionado. Todas as risadas e os comentários pareciam direcionadas a ela.

Finalmente chegou ao refeitório. As telhas estavam queimadas pelo calor. O contraste com a cor vibrante das árvores era estranho.

Um jovem estava sentado em um banco antigo na sombra de uma das árvores. Seu macacão estava dobrado, expondo as pernas magras e acinzentadas. Provavelmente, ele era da fazenda próxima. Um fósforo balançava suavemente no canto da sua boca, cutucado pela língua. Tinha uma lata de água perto dos seus pés. Os olhos dele se moveram na direção de Shamiso. Ela se perguntou se ele tinha regado alguma coisa. O gramado parecia sedento ao sol, desigual e seco.

– Por aqui – disse Tanyaradzwa, indicando que Shamiso a seguisse. Shamiso a olhou surpresa. Tanyaradzwa acenou novamente para que Shamiso fosse com ela até uma mesa no meio do refeitório. Cada mesa tinha duas tigelas, cada uma coberta por um prato para proteger seu conteúdo dos insetos. Ao lado das tigelas havia uma pilha com dez pratos, duas conchas e colheres. Tanyaradzwa sentou na cadeira.

– É sopa de feijão, caso você esteja se perguntando – ela levantou o prato que cobria uma das tigelas. Shamiso franziu o rosto e afastou uma cadeira. A tigela exalava um aroma denso. Tanyaradzwa riu quando notou a expressão de Shamiso.

– Para ser justa, a comida costumava ser muito boa – disse Tanyaradzwa enquanto mexia num prato, colocando-o de volta na mesma posição. – É só que ultimamente... – ela se segurou. – Bom, você vai se acostumar... ou pode fazer a coisa que parece mais sensata: morrer de fome!

Um sorriso escapou dos lábios de Shamiso. Ela o escondeu rapidamente e desviou o olhar. Algo sobre as paredes descascadas a fez pensar na casinha onde havia deixado a mãe, em Rhodesville, um subúrbio com poucos habitantes em Harare. Parecia que nada podia ser feito sobre elas lá também. A mãe tentou, insistindo que a casa deveria parecer um lar. Ela tinha esfregado as paredes até as unhas sangrarem. Mas a tinta era lavável, e elas acabaram descoloridas. Shamiso se perguntou, enquanto estava lá sentada, o que ressentia mais: ficar presa em um internato no meio do nada ou aquelas paredes horríveis do refeitório.

Ela olhou de novo para a tinta descascando. Com certeza, as paredes.

6

O sol dançava no céu azul e iluminado, exibindo seus raios. O calor provocava os alunos que caminhavam para seus dormitórios depois de um dia cansativo. As direções que Shamiso tinha recebido a levaram a um prédio com muro de tijolos vermelhos dentro do complexo de dormitórios. Parecia mais novo do que os outros, como se tivesse sido construído recentemente.

Shamiso arrastou a bagagem pelo corredor. A mochila descansava precariamente em seu ombro. Tinha sido um primeiro dia difícil. Ela nunca tinha frequentado um internato antes. O pai trabalhara para um pequeno jornal político e certamente não ganhava dinheiro suficiente para se dar ao luxo de enviá-la para um internato na Inglaterra; não que ela se importasse.

Uma energia incrível emanava dos alunos, que conversavam entre si. Eles a ignoravam, como se ela fosse invisível. A atenção que tanto a incomodara parecia ter desaparecido; talvez tivesse secado com o calor.

O clima não era como ela se lembrava. Ela pensou que as chuvas acompanhariam o ano velho até a saída em dezembro e inaugurariam o novo ano em janeiro. Mas tudo estava diferente por causa da seca. Não chovia mais tanto, e o calor consumia tudo! O clima era decepcionante.

A semana de abertura estava estranhamente calma. Ela via os alunos se ocupando; reencontrando-se, rindo em pequenos grupos e organizando seus quartos.

– Você está perdida? – uma menina que estava passando perguntou, com um sorriso rápido. O uniforme dela era diferente dos outros. Em vez de um cardigã verde, o dela era branco e, em vez de uma saia solta, a dela era uma saia lápis. Ela segurava uma prancheta contra o peito e uma caneta na mão esquerda. Sua presença intimidou Shamiso.

– Quem é você? – Shamiso perguntou, curiosa.

A menina cruzou os braços.

– Você está perdida? Sim ou não? – o sorriso tinha sumido. Ela estava esperando uma resposta.

– Nenhum dos dois. Só preciso encontrar meu quarto.

– Bom, você não vai encontrar com essa atitude. Qual o seu nome?

– Shamiso Muloy – respondeu.

A menina parou um momento, folheando a prancheta.

– Por aqui – disse, eventualmente. Ela parou perto do final do corredor e recuou para permitir que Shamiso entrasse, antes de escrever alguma coisa.

– Espero que da próxima vez que a gente se encontrar, sua atitude tenha mudado – disse, enquanto se afastava. – Ah, e se você quiser sobreviver aqui, é definitivamente melhor que respeite os monitores. Definitivamente!

Shamiso recuou a cabeça. Com certeza isso não seria como nos filmes, com uma autoridade dominante que todos tinham que obedecer.

– Tá bom, tanto faz – disse, entrando no quarto. A monitora balançou a cabeça e se afastou.

Shamiso parou logo na entrada, ainda segurando a bagagem. O quarto tinha um aroma forte de chão encerado. Ela podia vê-lo brilhar sob a luz da janela, que ficava na extremidade mais distante. O quarto estava vazio, com apenas alguns vestígios de existência humana.

Havia malas ao lado de algumas das camas. Um ou dois baldes estavam abandonados. Ela entrou devagar, os olhos arregalados. Duas das camas já haviam sido feitas. A roupa de cama da terceira estava em cima do colchão, e a quarta, no canto da sala, estava intocada. Ela caminhou até a cama vazia, percebendo que agora pertencia a ela, e arrastou a mala antes de largá-la em frente. Tentou abrir a janela, empurrando, mas estava emperrada pela tinta rígida. Teve que forçar um pouco antes de ela, finalmente, ceder.

Lá, sentada, tentando se acostumar com esse lugar que deveria ser seu novo lar, sentiu um caroço doloroso na garganta. Lágrimas escorreram pelas bochechas antes que pudesse controlá-las. Quando ouviu o som de passos se aproximando, secou as bochechas molhadas, ajoelhou-se ao lado da cama e abriu a mala. Não havia quase nada dentro dela. A mãe só pudera gastar um pouco de dinheiro. Ela tinha comprado algumas coisas para que ela tivesse alguns lanchinhos para comer durante o semestre. Mas, na verdade, quase não havia nada nas lojas. Não havia muito para comprar, exceto alguns pacotes de *maputi*[4] e biscoitos.

– Ora, veja só! – disse uma voz suave, alguns segundos depois. Era Tanyaradzwa, com duas camisas cuidadosamente passadas penduradas no braço.

Ela fez contato visual por um momento breve antes de virar-se e voltar a desfazer a mala.

---

[4] maputi: grãos de milho assados até ficarem crocantes.

7

Shamiso estava deitada na cama, tremendo um pouco. Estava resistindo ao desejo de sair e espiou por uma fresta do cobertor para ver o que Tanyaradzwa estava fazendo. Parecia estar lendo alguma coisa, talvez uma Bíblia.

– Você está bem? – Tanyaradzwa sussurrou.

Shamiso congelou, o corpo tenso. Ela prendeu a respiração, esperando que Tanyaradzwa repetisse a pergunta. O caroço voltou para a garganta. Ela tateou silenciosamente sob o travesseiro, procurando um pequeno objeto.

– Eu preciso de ar – explicou, saindo do quarto antes que Tanyaradzwa pudesse dizer mais alguma coisa.

O corredor carregava uma escuridão ameaçadora. Todas as luzes estavam desligadas e apenas alguns assobios e risadinhas flutuavam no ar. Shamiso seguiu o corredor e depois correu pela porta aberta. Era uma noite de luar e a luz desfilava pelas paredes escuras. O som discreto dos grilos criava o som ambiente. Ela olhou em volta. Não tinha ninguém. Seu coração bateu, pressionando contra sua caixa torácica. Caminhou até o lado do prédio e se escondeu em um canto. Apoiou as costas contra os grãos saindo dos tijolos da parede.

Ela sentia as lágrimas prestes a transbordar. A escuridão era familiar e ela a reconhecia. O corpo inteiro doía, e algumas partes coçavam. Tirou uma caixinha do bolso do pijama. Tinha que fazer a dor desaparecer de alguma forma. Esfregou os olhos, secando as lágrimas. Pequenos caminhos molhados começaram a se formar em seu nariz.

Lentamente, deslizou as costas pela parede, até sentar. Fechou os olhos enquanto os tijolos roçavam sua pele. Sentou-se no concreto com os joelhos dobrados e a cabeça entre eles. Ela podia sentir o sal das lágrimas que passavam por seus lábios.

Empurrou os dedos dos pés contra o chão, pressionando-os forte nas pedras que saíam do concreto. As pedras ásperas rasgaram sua pele. Abriu a caixinha. Todos estavam lá, os seis cigarros que guardara. Acendeu um e levou-o aos lábios, observando a fumaça que saía da boca. A sensação da fumaça parecia curar seu interior. Bateu o cigarro e sorriu enquanto as cinzas caíam no chão, pensamentos sobre o pai passando pela mente. Raspou os dedos dos pés no concreto áspero novamente. As mãos moveram-se para a cabeça, segurando com força enquanto um fluxo de lágrimas liberava toda a raiva guardada dentro dela. Ela não conseguia detê-lo e, pela primeira vez, não tentou.

8

Tanyaradzwa estava sozinha e acordada, escutando o ressonar e os roncos das duas colegas de quarto. Ela podia ver traços da luz da lua através da pequena fresta na cortina. Não sabia se conseguiria lidar com outra noite de insônia e pensamentos pesados. A fadiga a assombrava ultimamente, sempre por essa hora. Não havia muito que pudesse fazer, exceto ficar deitada, aguardando a chegada do sono. Virou-se para o outro lado. Enquanto estava deitada, alguém abriu gentilmente a porta. Ela observou através do pano fino enquanto a menina nova entrava, mancando. Aparentemente, ela estava com dor nos pés.

Tanyaradzwa perguntou-se por que estava tentando fazer amizade com essa menina misteriosa que claramente não queria nada com ela. Conseguira manter todos seus relacionamentos distantes, certificando-se de que ninguém se aproximasse o suficiente para descobrir seu segredo. Reduzira o tempo que passava com amigos, escondendo-se nos livros. Era uma grande ajuda que eles tivessem sido colocados em diferentes turmas e dormitórios.

Mas havia algo sobre Shamiso. Algo que acendeu uma onda inexplicável de empatia nela. Enquanto ela considerava esse sentimento estranho, seus olhos começaram a fechar e, eventualmente, ela se entregou ao resto da noite.

9

Shamiso esfregou o sono dos seus olhos, sentindo a luz do sol entrar pela janela. Ficara a noite toda acordada, lutando contra pesadelos. Escutou Tinotenda, que estava sentado na mesa do professor, lendo as notícias do dia em voz alta. Já era quase meio-dia. Nenhum dos professores comparecera à aula. O sr. Mpofu deixou uma cópia do jornal da manhã, insistindo que eles se mantivessem atualizados sobre o que estava acontecendo. Uns estudantes babavam, dormindo em suas mesas, enquanto outros jogavam cartas. Apenas um pequeno grupo estava envolvido em uma troca de opiniões sobre as próximas eleições. A data da eleição acabara de ser anunciada. Os sentimentos prevalecentes eram medo e esperança. Ambos pareciam estar bem representados. Shamiso escutava, intrigada com como alguém poderia ter certeza de que uma mudança no poder político significaria uma mudança em todo o resto.

– Meu pai diz que se não fosse pelas sanções ilegais, o país não estaria tão bagunçado – disse Paida, sua voz dominando a conversa. A opinião foi seguida de sussurros de desacordo, envoltos em cautela, pois esse era um assunto sensível, e era complicado falar dele tão abertamente. Shamiso sacudiu a cabeça. Tinha ouvido falar disso nas notícias: a União Europeia e os Estados Unidos haviam imposto sanções ao governo após a reforma agrária.

– É verdade! Não tem quase nada que o governo possa fazer, sabe! Eles estão de mãos atadas! – Paida continuou, determinada a defender seu ponto de vista.

– Bobagem! – Shamiso zombou, levando a conversa para uma direção interessante. Todos sentaram-se, quietos, os olhos dançando entre ela e Paida. Os meninos sentados ao lado de Paida explodiram em risadas.

Shamiso franziu a testa e olhou pela janela. Os galhos finos e quebradiços do carvalho chamaram sua atenção. A árvore parecia seca, despojada de vida. O vento soprou, estalando alguns galhos. Shamiso voltou-se para Paida, que estava com o rosto aborrecido.

– O que você sabe sobre a política do Zimbábue, garota londrina? – sibilou. Ela parecia ter levado a coisa para o pessoal.

Shamiso sorriu. Era um insulto estranho, sendo que ela nem era de Londres.

– Mais do que você, com certeza. Eu sei que não acredito que o país esteja sofrendo por causa de sanções!

Um silêncio desconfortável caiu sobre a turma.

– É melhor você tomar cuidado com o que diz e onde diz, garota londrina – Paida disparou.

– Você precisa aprender a manter a boca fechada às vezes – Tanyaradzwa sussurrou suavemente.

Algo não fazia sentido. Ela entendia que esse era um assunto sensível, mas com certeza, em uma turma de adolescentes, ela não precisaria ter medo de ninguém? Uma energia nervosa vibrou na sala.

– Alguém ouviu sobre aquele jornalista que morreu? – Tinotenda falou de repente, segurando o jornal. O coração de Shamiso pulou. – Os jornais estão dizendo que a morte dele foi suspeita, porque ele estava tentando expor o governo. Ainda está sendo investigado – continuou.

Shamiso olhou em volta, prestando atenção para ver se alguém diria alguma coisa. A turma permaneceu em silêncio.

– Qual era o nome dele mesmo? – perguntou Paida.

– Eu não sei o nome verdadeiro – disse Tinotenda, verificando as outras páginas do jornal. – Eles ainda se referem a ele pelo pseudônimo. Por respeito pela família ou algo assim.

– Ah, acho que já ouvi falar nele. Aquele que foi deportado pro

Reino Unido porque tava trabalhando em um artigo desonesto contra o governo, né? – disse Paida.

Shamiso estremeceu. De onde vinham todas essas invenções? – Ele gostava de causar problemas, escrevia mentiras e trabalhava com o Ocidente. A morte dele não foi suspeita. Não foi um acidente ou algo assim? – Paida continuou.

Shamiso tentou desesperadamente acalmar a raiva borbulhando dentro dela, mas ela se espalhou, maior e mais poderosa do que ela.

– Você realmente não tem noção de nada! – explodiu, rangendo os dentes e respirando pesadamente.

Tanyaradzwa a olhou preocupada.

– O que você disse? – perguntou Paida, levantando-se.

De repente, a turma ficou quieta. Paida sentou-se rapidamente. Shamiso virou-se para a porta. O sr. Mpofu estava na entrada, apoiado no batente, os lábios franzidos, acariciando a barba bem cuidado com a mão esquerda. A mão direita equilibrava uma bengala no piso torto.

– Por que estou ouvindo barulho? – sussurrou. Ele se virou para Paida, que olhou para Shamiso e sorriu.

– Senhor, a gente estava tentando fazer o trabalho que você nos deu ontem, mas a aluna nova ficou interrompendo e foi isso que causou o barulho – ela disse, a voz muito confiante.

– Isso é um monte de... – Shamiso começou a protestar.

– Não pedi que você... se... defendesse – ele disse preguiçosamente, balançando a bengala como um pêndulo. Ele permaneceu ali um pouco mais, sem falar muito, deixando a turma em suspenso. Então seu dedo indicou que Shamiso o seguisse.

Ao dirigir-se à frente da sala de aula, os olhos de Shamiso se encontraram com os de Paida. Ela manteve o olhar. A guerra havia começado oficialmente.

10

Os olhos de Shamiso seguiram a bengala na mão do sr. Mpofu, que se movia para frente e para trás. Sua mão esquerda estava apertada em um punho firme. Vergonha e raiva zumbiam em seus ouvidos.

– Você recém chegou... e já está causando problemas?

Ela evitou o olhar dele em silêncio, todas as palavras que gostaria de dizer presas em sua garganta. Ele descansou a bengala e colocou a mão no bolso.

– Venha – indicou, entrando na sala de professores. Ela hesitou por um momento, perguntando-se se isso era algum tipo de teste. A primeira coisa que tinha visto quando chegara na escola foi que a sala de professores era proibida para estudantes. Os desenhos colados na porta não a deixavam esquecer!

Ela o seguiu para dentro e olhou ao redor da sala, perplexa. Havia mais professores do que esperava. Algumas cadeiras estavam vazias, mas a maioria estava ocupada por professores sentados nas mesas, lendo ou dando notas. Dois ou três estavam perto da chaleira, segurando canecas de chá e conversando. Nenhum deles parecia estar com pressa para chegar à aula.

– Muloy... – o sr. Mpofu resgatou-a do seu sonho acordado. Ela correu até ele, que cavava na bagunça da mesa, cheia de artigos de jornais e todo tipo de livro.

– Use sua energia... para algo que vale a pena – aconselhou o sr. Mpofu, entregando-lhe um grosso livro didático. Suas sobrancelhas franzidas pareciam estar pensando em algo importante. – Quero o primeiro capítulo... na minha mesa amanhã de manhã.

Shamiso folheou o livro, examinando quantas equações ele esperava que ela solucionasse. Seus olhos se arregalaram em choque.

— Senhor, são mais de vinte páginas! — ela protestou.
— Você quer mais? — ele fingiu espanto. Shamiso grunhiu.
— Eu não falei... que você não esqueceria... meu nome? — ele lembrou.

Shamiso andou de volta para a sala de aula. Ainda não tinha certeza de que gostava dele, mas, para sua surpresa, começou a sentir um respeito relutante que prometia logo sair para a luz.

//

O sr. Mpofu sentou-se na cadeira, os olhos caídos observando a garota sair da sala dos professores. Conseguia perceber que algo havia se quebrado dentro dela, e sabia o que era. Queria contar a ela sobre o dia em que conhecera seu pai. O dia em que seu pai o inspirou com sua determinação e esperança pelo futuro do país. Quão contagiante era sua energia. Queria dizer que ela se parecia com ele.

Mas os boatos que ouvia por aí com o nome do pai dela o deixavam nervoso. As suas opiniões políticas estavam lentamente enredando-o em uma teia de aranha. Como ele poderia puxá-la para aquele mundo? Suspirou e segurou a cabeça entre as mãos, lembrando-se de que isso era para o bem da menina.

12

O dormitório estava quieto quando Shamiso retornou mais tarde naquele dia. O vento assobiava no corredor, e algumas portas balançavam. Não havia sinal de vida. Todos os outros estavam nas atividades esportivas da parte da tarde. Shamiso deitou-se na cama, encarando o teto e ouvindo seus batimentos cardíacos.

Ela não conseguia parar de pensar sobre o pai. Lembrou-se de como eles ficavam ao ar livre, olhando as estrelas. Ele sempre insistia que isso liberava a sua criatividade e a deixava selvagem. Não havia muita inspiração no teto agora – apenas tinta velha e uma lâmpada empoeirada.

O caroço teimoso em sua garganta deslizou para trás, raspando e se instalando confortavelmente. Seus olhos lutaram contra um fluxo de lágrimas indesejadas. Ela se sentou e abriu a mala, chocada ao ver seu rosto rindo ao lado do pai, enquadrado no tempo e eternizado em uma fotografia. Estava colada dentro da mala para sempre lembrar. E lá, no canto, estava sua preciosa pilha de recortes de jornais. Acariciou o recorte que estava no topo e puxou a bolsa do pai para perto. Ela o queria lá com ela.

Abriu o bolso da frente e um envelope amarelo caiu. A letra do pai dançava no papel. Ela viu que a tinta estava borrada, como se ele tivesse escrito com pressa. Seu coração parou por um segundo, os olhos examinaram a escrita no envelope com a esperança de ter sido deixado para ela.

Os olhos examinaram o nome e endereço, alguém chamado Jeremiah. Ela nunca tinha ouvido falar dele. O caroço voltou para a garganta, zombando dela, fazendo-a pensar sobre como todos os

pedaços restantes do pai estavam relacionados ao seu trabalho. Assim como todas as caixas que cercavam a mãe na casinha. Nem Shamiso nem a mãe foram capazes de selecionar o que estava dentro delas.
– O que você está fazendo aqui? – uma voz ofegante disse, do nada.
Shamiso empurrou o envelope para dentro da mochila.
– Meu Deus! Você me deu um susto!
Shamiso viu Tanyaradzwa arrastar-se pelo quarto e deitar-se na cama, ao lado da sua. Seus suspiros deixavam claro que ela estava desesperadamente sem ar.
A mão de Shamiso secou os olhos molhados e moveu os jornais que estavam ao seu lado.
– Você não deveria estar aqui, sabe – Tanyaradzwa falou novamente, ainda tentando recuperar o fôlego.
– Você está aqui! – Shamiso protestou.
– Eu tenho permissão! – Tanyaradzwa sorriu.
– Você está bem? Você não parece bem.
Tanyaradzwa ficou quieta por um tempo, depois falou suavemente.
– Você tem um sotaque da Inglaterra? – ela viu o interior da mala de Shamiso e sorriu ao ver pai e filha.
– Sim... morei lá com minha família desde os cinco anos.
Tanyaradzwa sentou-se lentamente, apoiando-se contra a parede.
– Por que você voltou para o Zimbábue, então? – perguntou.
Shamiso engoliu em seco. Pegou os jornais e olhou para eles novamente. A mão direita tremia ligeiramente, fazendo a pequena pilha de recortes tremer também.
Tanyaradzwa aproximou-se, ansiosa para descobrir o que estava escrito. Seus olhos decifraram o nome do colunista e voltaram para a fotografia colada na parte de dentro da mala. E fácil assim, sentiu o coração dar um pulo.

Parte dois

Três semanas antes

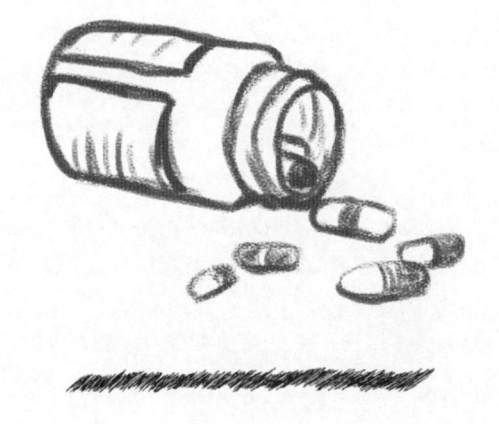

13

Tanyaradzwa estava perto da porta, quase congelada, fitando as lembranças da última vez em que estivera ali. Mas disse a si mesma que hoje era um dia bom, na verdade, um dos melhores.

– Por favor, entre. Estava esperando você – disse a médica, segurando a porta com o peso das costas e limpando os óculos. Tanyaradzwa entrou rapidamente, a mãe logo atrás. A médica observou enquanto mãe e filha riam de algo sobre o qual haviam falado na sala de espera.

As luzes no corredor piscaram. A eletricidade ameaçava cair. A médica franziu a testa. A sala estava quente, mas usar o gerador no prédio todo era muito caro. A eletricidade teria que se comportar. Afinal, ela precisaria dela para poder salvar a vida de Tanyaradzwa...

A médica fechou a porta e caminhou até a cadeira. Não havia muitos oncologistas no país. O grande leque de profissionais tinha diminuído, espalhando-se pelo mundo em busca de gramados mais verdes. Os poucos que ainda estavam disponíveis vinham acompanhados de um alto preço.

Mãe e filha sentaram-se nas cadeiras macias. Os papéis na mesa da médica esvoaçavam na brisa. Tanyaradzwa inclinou-se para mais perto do ventilador, gostando da sensação do vento no seu penteado afro curtinho.

A médica, uma mulher idosa de pele clara e com cabelos grisalhos, procurou pelos papéis na mesa desorganizada.

– Parece que você tem estado ocupada – Tanyaradzwa comentou. A médica acenou com a cabeça, explicando como a semana tinha sido caótica, com conferências para ir e lugares para visitar.

Uma pilha de papéis caiu no chão por causa de todo o movimento. Tanyaradzwa examinou rapidamente o jornal que estava no topo. A médica piscou.

— Uma pena o que aconteceu com esse jornalista, né? — ela comentou, colocando os papéis de volta na mesa.

— Ahh, *chokwadi*[5], a morte é uma coisa espetacular. Parece que foi ontem que ele escreveu sobre o caso Campbell, de captura de terras. E agora ele se foi! — a mãe de Tanyaradzwa respondeu.

A médica pigarreou. Não se podia falar de certas coisas tão abertamente.

Tanyaradzwa ficou inquieta, sem vontade de entrar em uma conversa sobre política. Ansiedade fervilhava dentro dela como uma chaleira apitando. Esta visita marcava o início oficial da remissão da sua doença. A médica a tinha assegurado disso da última vez em que haviam se visto.

— Como vão os ensaios com a banda, Tanyaradzwa? — a médica perguntou, arrastando a cadeira para mais perto da mesa.

— Ah, esqueci de contar: fomos convidados pra participar do festival de novo este ano! Tô super animada. Tenho ensaio hoje, na verdade — ela disse, muito feliz.

A médica sorriu.

— Espero ser convidada. Depois da apresentação do ano passado, acho que nunca mais vou conseguir gostar de ouvir ninguém cantando, além de você.

O silêncio se instalou por um momento. A médica escreveu alguma coisa na caderneta. Tanyaradzwa nem tentou ler. Afinal, todo mundo sabe que os médicos passam um ano inteiro da graduação aprendendo a escrever de um jeito ilegível, como se fosse um código secreto. Tanyaradzwa observou o consultório. O poster com um coração humano ainda estava pendurado do lado da porta.

---

[5] *chokwadi*: honestamente ou verdadeiramente.

A médica apoiou os cotovelos na mesa, com as mãos perto da boca. Lentamente, levantou a cabeça e olhou Tanyaradzwa bem nos olhos.

– Receio não ter boas notícias.

Tanyaradzwa olhou para a mãe, confusão rodopiando ao seu redor. Ela parou de balançar as pernas.

A médica a observava de trás dos óculos fundo de garrafa.

– Você está se alimentando, Tanyaradzwa? – perguntou, de repente.

Tanyaradzwa franziu a testa. O que isso tinha a ver? Ela olhou de novo para a mãe, que mantinha os olhos na parede. Seu rosto não denunciava nenhuma emoção. Ela parecia já saber aonde isso estava indo.

A médica suspirou.

– Os exames mostraram que o câncer voltou.

– Mas... – Tanyaradzwa começou. – Mas você disse... Você disse que quando eu entrasse em remissão, você disse... Você disse que eu estava bem!

A médica engoliu em seco.

– Eu sei, e sinto muito. O câncer aparentemente é bem agressivo.

A mãe de Tanyaradzwa baixou a cabeça. Seu cotovelo estava apoiado no braço da cadeira, e o nariz na palma da mão. Tanyaradzwa ficou lá sentada, sem nenhuma expressão, olhando para a médica.

– Eu vou morrer, então? – ela cuspiu. A médica hesitou. Tanyaradzwa percebeu a expressão dos seus olhos. Era impossível não notar.

– Como eu disse, o câncer é agressivo – respondeu. Não havia nenhum jeito fácil de dar essa notícia. Endireitou a coluna. Sua voz ficou mais suave, e sua determinação, mais forte. As mãos dela descansavam uma em cima da outra. – Desta vez, é um tumor muito pequeno, crescendo nas suas cordas vocais, ao redor de um dos nervos mais importantes da garganta. Podemos realizar uma operação para retirar o tumor, mas receio que seja muito arriscado, por causa da localização.

Se não formos cuidadosos, você pode perder a voz... ou pior. Tanyaradzwa coçou o nariz.
– Bom, acho que então você vai ter que ser muito cuidadosa? – piscou, fingindo inocência.
A médica engoliu em seco.
– Minha esperança é que o que fizemos da última vez funcione novamente agora. Então eu vou recomendar quimioterapia e radiação, possivelmente em doses mais altas. O tumor é pequeno, isso pode funcionar – ela mudou de posição. – Você está planejando trocar de escola?
– Não!
– Sim – a mãe disse, ao mesmo tempo.
A médica respirou fundo.
– Nós podemos receitar alguma coisa pra impedir que o tumor cresça.
Tanyaradzwa assistiu os lábios da médica se moverem. Ela não escutava nada. O barulho dos seus pensamentos afogou a voz da médica. Sua mente divagou, o medo infectou seus pensamentos e as perguntas começaram a surgir. Pela manhã, tinha acordado cheia de esperança por um novo começo. Mas, agora, isso tinha se quebrado. A realidade tinha sido alterada em um piscar de olhos.

14

O vento carregou as palavras da avó pela janela até Shamiso, que estava deitada na cama. Esta voz, que Shamiso quase nem conhecia, carregava histórias coloridas de uma versão mais jovem do seu pai.

– ... e aí, quando minha neta Shamiso nasceu, houve complicações. Mas ela é como o pai, uma guerreira, de verdade. E ele estava determinado que ela sobrevivesse. Dizia que carregaria ela nas costas e contaria sobre a guerra como se tivesse participado dela – a audiência riu. Shamiso lembrou das muitas vezes em que o pai havia contado a história do seu nascimento. Ela amava ouvir a parte em que ele havia implorado para que visitantes pudessem segurar os bebês.

– Ele sempre foi um ótimo contador de histórias. Mesmo quando era menino, a gente contava histórias ao redor da fogueira e ele sempre se candidatava e contava histórias intermináveis...

Ela escutou a avó tentando fazer a audiência rir de novo. Era o que o pai gostaria. Ele sempre fora um piadista.

Agora ela ouvia pessoas cantando lá fora. Escutou alguns lamentos mais fortes, provavelmente da avó. A avó que ela só conhecia pela fotografia que o pai carregara na carteira.

Ele nunca falava sobre ela. Shamiso sabia que ele mandava dinheiro para a mãe, mas só isso. Era estranho que a única conexão entre os dois tivesse sido uma conta bancária. Agora ela estava na casa dessa mulher, na cama dela, de luto pelo seu filho.

Ela era um bebê da última vez em que estivera na fazenda da avó, antes de eles se mudarem para o exterior. Não lembrava nem das bananeiras que ladeavam a entrada. Perguntou-se se eles teriam feito esta viagem caso o pai não tivesse morrido. Ou caso a avó não tivesse insistido para que ele fosse enterrado nas terras do pai dele, e não em um cemitério na cidade.

Ela assistiu o pó voando na luz que entrava pela janela. Eles capturaram sua atenção por um momento, rodopiando na sua direção, quando a porta abriu. Ela fechou os olhos imediatamente. Passos se aproximaram lentamente.

– Shamiso – ela ouviu, enquanto era sacudida gentilmente. – Você precisa comer, *mwanangu* – era a voz da mãe. Ela se encolheu. As mãos macias apoiadas nela a machucavam. O corpo da mãe, perto dela na cama, machucava. A mãe dela machucava. Shamiso ficou deitada, em silêncio, sem conseguir se mover.

– Shamiso – a mãe tentou novamente. – Logo, logo eles vão deixar a gente ver o corpo – ela tirou as mãos das costas de Shamiso. A cama balançou suavemente. Shamiso ainda conseguia sentir a presença dela. Abriu os olhos e virou-se para encará-la. A mãe tinha as mãos pressionadas contra a própria boca, como que abafando um grito. Shamiso viu as lágrimas correndo pelas mãos dela, pelo nariz e pelos espaços entre os dedos.

Shamiso estava sentindo o mesmo, seja o que fosse. O mundo todo estava desmoronando. As paredes que o seguravam estavam desabando.

15

Da última vez, tinha alguma coisa em seu pescoço. Ela demorou para descobrir e sofreu por sua ignorância. Quando a médica finalmente detectou o que era, Tanyaradzwa, muito confusa, teve que aguentar várias sessões de radioterapia. Elas tinham levado o seu cabelo, um pouco do seu peso e alguns amigos. Tanyaradzwa lembrava da pena que tinha recebido de pessoas que tentavam apoiá-la; e como ela tinha sentido raiva. Ela tinha trocado de escola para começar de novo. E dois anos em Oakwook tinham permitido que ela mantivesse uma distância segura. Ninguém sabia quem ela era ou pelo que ela havia passado.

Mas mesmo com tudo isso, o câncer não havia afetado sua voz. Tanyaradzwa inquietou-se ao pensar em todo o trabalho que tinha que fazer com a banda para se preparar para o festival. Verificou a hora no telefone. O carro virou na rua Robert Mugabe e entrou na Glenara.

– Mamãe, eu tenho ensaio, lembra?

A mãe seguiu dirigindo por um tempo, até responder:

– Você precisa descansar, Tanyaradzwa.

Tanyaradzwa podia ver o estresse colorindo a face da mãe. O câncer estava sentado entre elas, orgulhoso. Tanyaradzwa só imaginava toda a angústia pela qual os pais estavam passando. Sobreviver a isso tudo uma vez tinha sido o bastante. Sobreviver uma segunda vez apenas evidenciaria quão frágil o espírito humano realmente é.

Tanyaradzwa começou a cantar suavemente. Normalmente, a mãe se juntava a ela; era quase uma tradição quando estavam juntas no carro. Mas hoje a mãe manteve os olhos na estrada e Tanyaradzwa eventualmente parou de cantar.

Ela se concentrou na paisagem que via pela janela do carro conforme ele passava pelas árvores na rua Tongogara. Nuvens flutuavam no céu, fazendo e refazendo formas em movimento. O céu estava azul. O mundo dela estava explodindo, mas o céu ainda estava azul. Ela redirecionou o olhar para as pessoas na rua. Elas eram uma coleção de histórias, cada uma parte da grande narrativa da vida. Quando o carro parou no semáforo, seus olhos encontraram dois homens vendendo cartões de telefone pré-pago na esquina. Eles estavam no meio de uma conversa aparentemente animada. Ela ficou maravilhada com como eles riam despreocupadamente. O semáforo ficou verde e elas continuaram. Uma Mercedes preta estava ao lado do carro. O contraste era duro. Lá na esquina, dois homens vendiam cartões, e aqui este rapaz de vinte e poucos anos dirigia seu carro elegante e vestia um terno caro.

Pensar nisso tudo esgotou sua energia. Virou-se para a mãe. Os olhos dela estavam vermelhos e úmidos. Tanyaradzwa desviou o olhar. Tinha de haver esperança; ao menos uma delas tinha que ter um pouco. Ela precisava lutar contra as vozes, as vozes que gritavam para ela desistir.

Ela tinha que lutar contra elas. Ela tinha que tentar.

16

Shamiso escutou as pessoas cantando enquanto olhava para as malas do pai, empilhadas em um canto da casa. Ele sempre levava uma mala e uma bolsa quando viajava. Seu olhar pousou na bolsa, jogada por cima das malas. Ele nunca saía de casa sem ela, mas tinha quase esquecido quando estava indo viajar desta última vez. Ela lembrava de como ele estava em pânico, preocupado com perder o voo, mas ainda rindo e fazendo piadas com a esposa, por ela estar tão ansiosa. Ele estava animado com a história na qual estava trabalhando, mas nunca contava os detalhes sobre suas investigações até elas estarem completas.

A cantoria começou a trocar de lugar com o sol. Quanto mais o calor suavizava, mais altas ficavam as vozes. Funerais em áreas rurais eram tão diferentes dos da cidade. Na verdade, ela não tinha comparecido a muitos. Apenas um, no Reino Unido, de uma professora. Lá, ninguém tinha cantado, apenas chorado silenciosamente e comido de forma educada.

As coisas aconteciam de forma diferente aqui. Um grupo dedicado de homens e mulheres cantava e dançava com entusiasmo, não só em comemoração à vida do falecido, mas também em uma tentativa de distrair seus entes queridos da dor de sua perda. Até havia funcionado para ela por um minuto ou dois.

A multidão lá fora continuava engordando. Ela escutava murmúrios de conversas. Afinal, seu pai era bem conhecido por causa de seu trabalho. Ele tentara defender a esperança. Aparentemente, muitas pessoas apreciavam sua escrita.

Ela tinha ido até ali de carro com a mãe e os tios. Eles haviam passado pelo Christmas Pass, onde puderam ver as diferentes luzes encantadoras de Mutare, uma cidade construída em um vale e protegida por montanhas. Parecia um cartão postal. Ela sabia que o pai os teria feito parar e aproveitar as luzes se estivesse lá, mas teria sido estranho fazer isso agora. Especialmente com todas essas outras pessoas indo ao funeral, dirigindo com eles em uma longa procissão de carros de Harare até a pequena fazenda da avó, nas planícies montanhosas de Vumba.

O tambor lá fora emitia uma batida distinta, seu ritmo se transformando em um eco. Conforme as batidas tornavam-se mais altas, ela sentia o coração sincronizar ao ritmo, batendo na sequência.

– Shamiso, chegou a hora – ouviu. Seu pulso ficou acelerado. Ela não estava pronta. Era pensar em ver o pai confinado dentro das tábuas daquela maldita caixa de madeira que a assustava. E o entendimento de que seria a última vez que olharia para ele.

Ele nunca mais faria panquecas pela manhã. Ela nunca mais o ouviria ler seus textos em voz alta, tentando entendê-los. Seu coração afundou. Ela sabia que tinha que ir; precisava vê-lo, dizer adeus.

Shamiso saiu da casa, o sol atingindo diretamente seu rosto. A multidão aumentara desde a última vez que olhara. Havia carros em todos os lugares. As pessoas estavam encostadas nas paredes da casa, as mulheres de um lado e os homens do outro. Ela viu a mãe perto de outra porta, quase indiferente. Ela estava com os olhos vidrados e o rosto vazio, encostada na cabana recém-coberta de palha, balançando-se para frente e para trás.

Duas mulheres correram até Shamiso e a puxaram para um abraço, soluçando de forma dramática. Ela ficou ali, lutando para respirar, presa firmemente nos braços delas.

– Esse vestido não é apropriado para um funeral, *mainini*[6] – sussurrou uma das mulheres, soltando gotículas de saliva em seu

---

[6] mainini: traduzido literalmente, isto significa "mãe mais nova". É usado na cultura Shona para se referir a uma tia jovem, ou a moças jovens no geral.

ouvido. Ela olhou para elas, confusa. A música parou. As mulheres se afastaram ligeiramente, ainda chorando. De alguma forma, ela se tornara o centro das atenções.

Tentando chegar até a mãe, viu três homens saindo da cabana com o caixão do pai. Suas pernas cederam e gritos e lamentos irromperam de toda parte.

17

A almofada estava começando a perder a maciez. Tanyaradzwa sentava nela com muita frequência e já conseguia sentir a madeira do parapeito da janela. Mas, mesmo assim, preferia o desconforto a estar na cama.

Seus olhos viajaram até a bela *mbira* sentada orgulhosamente em sua prateleira, entre dois troféus de música. A madeira avermelhada brilhava, e ela se arrastou até o instrumento e o levantou. Era um objeto tão leve, mas parecia pesado. Levou-a até a janela e começou a tocar. A melodia encheu o quarto. Os polegares tocavam as teclas do instrumento oco. A *mbira* gemia, fazendo notas musicais voarem pelo ar. Seus ombros balançavam lentamente, seguindo a melodia. Sua voz se juntou à harmonia, suave e profunda. Ela fechou os olhos e permitiu que a música a acalmasse.

O céu rugiu, concordando. Ela parou de tocar e olhou pela janela, colocando a *mbira* ao seu lado. As nuvens estavam escurecendo e corriam pelo céu. As andorinhas dançavam, formando uma bela sequência. Sempre se disse que as andorinhas acenam para a chuva. Ela observou o desfile. Não chovia há muito tempo.

Nuvens escuras pairavam, afastando o sol. Um trovão estrondoso ecoou. Tanyaradzwa acariciou a pele arrepiada do braço e olhou para baixo, bem a tempo de ver o jardineiro se preparando para empurrar um carrinho de mão cheio de ferramentas de volta para o galpão de madeira no canto do quintal. Ela observou enquanto ele fitava as nuvens. Havia esperança na postura dele, esperança de que as chuvas caíssem. Ela podia enxergá-la. De alguma forma, essa esperança coincidia com a dela.

A porta se abriu sem aviso. Virou-se e viu a mãe carregando uma bandeja.

– Sabe, esse racionamento de energia tá saindo de controle. Enviaram outro aviso dizendo que não vamos ter eletricidade por três horas desta vez. Acredita? – a mãe reclamou, frustrada.

Tanyaradzwa não estava prestando muita atenção. Ela sabia que os custos de manutenção das usinas elétricas estavam subindo rapidamente, sobrecarregando os recursos governamentais. A ZESA[7] acabara de anunciar que alguns dos geradores em Kariba estavam com defeito. Algumas partes do país teriam que passar pelo racionamento enquanto tentavam corrigi-los. Todos tinham que se adaptar.

A mãe se aproximou, a voz ficando mais suave.

– Você precisa tomar o remédio e descansar.

Tanyaradzwa olhou para o rosto inchado da mãe. Percebeu que ela estava tentando ser forte.

A comida fez cócegas nas narinas de Tanyaradzwa. Ela prendeu a respiração. O apetite a abandonara e o cheiro era muito agressivo. Ela olhou as nuvens mais uma vez, saiu do parapeito e indo para a cama.

A mãe ajudou a ajeitar os travesseiros para que ela ficasse confortável e levou uma colher de sopa até os lábios de Tanyaradzwa. O aroma era demais. Ela sentiu a saliva se juntando na boca e, de repente, lá estava! Os seus órgãos doeram quando, mais uma vez, ela despejou o pouco de comida contida em seu estômago.

A mãe levantou o balde que ficava embaixo da cama e segurou-o. Tanyaradzwa limpou a boca com o dorso da mão. Seu corpo ainda tremia com o trauma.

A mãe entregou-lhe uma garrafa de enxaguante bucal.

– Talvez você não devesse voltar pra escola, assim eu posso

---

[7] ZESA: Companhia Elétrica do Zimbábue.

cuidar de você. Você pode trocar pra uma das escolas do bairro. Já falei com o seu pai. Ele vai voltar de viagem mais cedo.

– Mamãe, eu vou ficar bem – Tanyaradzwa assegurou.

A mãe suspirou; já conhecia a teimosia da filha.

– Vou falar com seu pai, então. Vou deixar você descansar agora... Tente comer um pouco antes de dormir, pra poder tomar o remédio.

Tanyaradzwa assentiu. Observou a mãe andar até a porta.

– Mãe...

Ela virou.

– Não estou ouvindo a chuva.

A mãe olhou para fora.

– As nuvens dispersaram.

Foi então que Tanyaradzwa teve certeza de que a esperança que ela sentia só podia ser sustentada por Deus.

18

Shamiso estava sentada na varanda ao lado da avó. Duas estranhas sem assunto. Ela não conseguia parar de olhar para o rosto da velha. Estava coberto de linhas, cada uma contando a história de uma vida longa e plena. Havia círculos escuros ao redor de seus olhos e uma ligeira semelhança com o pai no jeito que os lábios se contraíam. Ela viu alguns meninos pavimentando o túmulo do pai com cimento. Traços de dor se retorceram em sua barriga. Abaixou a cabeça e olhou para os dedos dos pés, com a garganta apertada de raiva. Gostaria de ter feito um discurso ou lido um poema para dizer adeus. Mas mal podia respirar, muito menos falar.

Ouviu os primos do pai dentro de casa discutindo como seus pertences seriam distribuídos. O costume ditava que as posses do falecido tinham que ser compartilhadas entre seus entes queridos, pequenas lembranças que manteriam sua memória acesa. A mãe de Shamiso permitiu que eles compartilhassem as poucas coisas que estavam nas malas. Ele não tinha muito, mas tudo o que tinha fora deixado para sua esposa e filha em um testamento. Parecia apropriado que os primos recebessem os poucos pedaços dele contidos nas malas.

Shamiso observou a mãe falando com um dos homens que compareceram ao funeral. Ele segurava o chapéu contra o peito e mantinha o queixo ligeiramente baixo. A mãe de Shamiso assentia com a cabeça. Os dois apertaram as mãos e a mãe se afastou e sentou-se ao lado da filha.

Ela ouviu a avó oferecer um lugar para elas ficarem se as coisas ficassem difíceis demais. Shamiso franziu a testa. Ela sabia que tinha tudo a ver com o fato de elas não terem retornado ao Reino

Unido; que só o pai trabalhava; que elas tinham pouco dinheiro e, agora que o pai dela se fora, elas não tinham os documentos necessários para emigrar.

Ela assistiu a tia censurando os primos, reclamando de como eles eram ignorantes sobre a cultura de seu povo. Shamiso não tinha ideia do que isso significava. Ela viu uma das meninas se encolher na cozinha. Devia ter algo a ver com o fogo que ela tinha sido instruída a acender. Shamiso perguntou-se se a menina tinha sido ensinada a acendê-lo. Era estranho que se esperasse que ela tivesse essa habilidade. No outro lado do quintal, as crianças estavam correndo, completamente ignorantes sobre o que estava acontecendo ou sobre por que estavam aqui.

As árvores à distância sussurravam. O céu emoldurava as montanhas com um amarelo escuro e vermelho denso. Ela podia ver muita coisa daqui. A fazenda da avó ficava em cima de um planalto, cercada por bananeiras e com vista para o vale onde estavam os campos. Ela tinha recebido a terra durante o programa de reforma agrária, em 2005. O vale irradiava vida, com muita cor, absorvendo a água que fluía de uma ravina que ficava perto. Era incrível que, mesmo nesta seca, pequenos cantos do paraíso ainda se escondessem no país.

O pai havia contado a ela sobre como os colonialistas tinham escolhido as terras boas e deixado as partes áridas para o resto da população. Ela entendia por que eles tinham adorado o lugar, mas eles não haviam pedido permissão a ninguém, não compensaram ninguém e apenas tomaram tudo como se pertencesse a eles.

O pai havia se oposto amargamente aos avós por receberem este belo e inestimável pedaço de terra. Ele nunca tinha explicado para ela o porquê, mas a partir da leitura de seus muitos artigos, ela suspeitava que tinha algo a ver com a forma como a redistribuição havia sido realizada. De acordo com os boatos, a fazenda tinha sido tomada do dono anterior. Os homens que aprenderam a fazenda também não pediram permissão a ninguém, não compensaram ninguém, mas tomaram tudo como se pertencesse a eles.

De repente, Shamiso ouviu um grito. Uma das crianças tinha caído e ralado o joelho. Ela viu um dos tios correr até a menina, pegá-la no colo e consolá-la. Tinha algo sobre ele que lembrava seu pai. Ela se perguntou se algum dia ele havia a consolado assim e segurou as lágrimas.

Ela não se lembrava muito de quando era criança. Havia momentos que o tempo parecia manter fora de alcance e que ela desejava poder reviver. Também havia momentos futuros que a assombravam, as risadas que eles nunca compartilhariam, as viagens que eles nunca fariam, as histórias que ele nunca contara. Pensar nisso fez seu estômago revirar. Ainda havia tanto para ser dito e feito, e ela queria que ele estivesse presente.

Ela podia vê-lo no caixão, a seda do forro contra seu terno preto. Mas o corpo não parecia em nada com ele; o rosto marcado e perfurado a assombrava; a pele rachada, os lábios inchados, a orelha que faltava, os olhos fundos. Ela desfrutou do horror e se viu desejando que o impacto do acidente tivesse arrancado a vida dele imediatamente, antes de ele sentir dor.

— Shamiso, aqui, sua comida — os resmungos da prima a salvaram de seus pensamentos, anunciando a presença com um cheiro forte de fumaça. Parecia que seus esforços com o fogo finalmente tinham dado certo. Shamiso tentou sorrir quando recebeu o prato e colocou-o no colo. Ela olhou para a *sadza*[8] enorme em seu prato, esperando para ser comida.

Um dos tios saiu da casa segurando a bolsa do pai e sentou-se ao lado da mãe.

---

[8] sadza: um creme de milho parecido com polenta, servido com cozidos e vegetais. O *sadza* é muito representativo do Zimbábue. Também é amplamente encontrado em toda África subsaariana, mas o nome difere de país para país.

– *Maiguru*[9] – ela o ouviu dizer –, vamos começar a distribuir as roupas. Algumas das outras coisas vão com você pra Harare. A gente pensou que já que Shamiso vai pra escola, ela deve ficar com a bolsa do pai.

A mãe não disse nada. Ela olhou fixamente para a bolsa, assentiu levemente e a passou para a filha. Enquanto isso, Shamiso a observava. Parecia que a mãe não percebia, mas estava se balançando suavemente de novo.

A multidão tinha diminuído um pouco mais. Algumas pessoas foram embora logo depois do enterro. Os convidados restantes riam e conversavam, comiam e bebiam e riam de novo. De alguma forma, ver a vida seguindo em frente incomodava Shamiso. A morte era uma realidade tão triste. Mais cedo ou mais tarde, as pessoas seguem em frente e se esquecem. Apenas uma pequena quantidade de tempo havia passado, mas parecia que o mundo já continuava, girando seus eixos, sem precisar mais da vida de seu pai. O drama que tinha sido exibido mais cedo já tinha passado.

– Ouvi alguns homens na cidade dizendo que a morte dele não foi um acidente. Você sabe de alguma coisa? – a avó disse, subitamente.

A mãe de Shamiso ergueu a cabeça.

A avó continuou.

– Eu disse pra ele parar de lutar contra homens que se escondem nas sombras. O que ele queria? Que o seu próprio povo não recuperasse nossa terra? – Shamiso ouviu a voz dela começar a tremer. – Eu devo ter vergonha dessa terra, então? Esta terra pela qual o pai dele lutou! A gente devia morrer de fome? Refletir se seria apropriado receber uma terra que nos foi roubada? Agora, olha bem! A Shamiso vai crescer sem pai por causa das filosofias que ele tinha. Bom, aqui vai minha filosofia: a gente precisa dessa terra! Vocês vêm pra cá com seus direitos humanos, mas esquecem que

---

[9] maiguru: usado para se referir a uma tia mais velha; o oposto de *mainini*.

a gente tentou fazer isso do jeito certo. Mas é claro que os brancos não cooperaram! Agora vocês ficam apontando o dedo, mas fizemos tudo por vocês!

– Ele estava lutando por justiça... – a mãe de Shamiso interrompeu.

– Justiça? Justiça de quem? Eles nos mantiveram em celas como animais enquanto tomavam todas as terras férteis e faziam leis que nos impediam de comprá-las de volta! Agora você me fala de justiça! Por que a justiça aparece quando se trata deles? Justiça é o que meu marido fez, lutando para conseguir essa terra!

Shamiso olhou para a mãe, que estava olhando para o horizonte com preocupação pintada na testa.

– A reforma agrária não foi feita corretamente, Amai. Não foram só os agricultores brancos que foram punidos. Fazendeiros negros também perderam suas terras! Além disso, a economia... – Shamiso observou a voz da mãe murchar sob o olhar afiado e penetrante da avó. – Baba-Shamiso só queria que as coisas fossem acertadas – ela terminou suavemente, o rosto inclinado para baixo.

A avó de Shamiso estalou a língua em desacordo.

Elas ficaram em silêncio depois disso.

19

Três dias após o enterro, um dos tios de Shamiso conseguiu encontrar um trabalho para a mãe. Não pagava muito, mas veio com uma casinha que elas agora chamavam de lar, ou pelo menos tentavam. A mãe não tinha muitas qualificações, e o melhor trabalho que ela podia oferecer era feito com as mãos. Então, em troca de limpar e cuidar da casa do senhorio, ela receberia um teto sobre suas cabeças e algum dinheiro no bolso.

A casa pertencia a um casal de idosos, cujas três fazendas perto da cidade tinham sido apreendidas durante o *Hondo Yeminda*[10]. Eles haviam se mudado temporariamente para a Zâmbia, onde compraram algumas terras e puderam voltar a trabalhar com agricultura. Mas eles prometeram que não ficariam em outro país para sempre; afinal, o Zimbábue era seu lar.

A casa era pequena; insuportavelmente pequena, na verdade. Tinha sido usada para abrigar apenas a empregada do senhorio, no passado. Não era ideal para duas pessoas. Havia um banheiro, um cômodo que servia de sala e cozinha, e um quarto. Compartilhar uma cama com a mãe deixava Shamiso muito nervosa. Ela nunca tinha feito isso antes.

Elas não tinham muito nesta nova casa: uma cama de casal barulhenta, um espelho quebrado que ficava no canto e um armário para as roupas. Na cozinha havia um fogareiro a álcool em cima de uma caixa que servia para armazenar panelas e talheres, bem como um pequeno rádio preto no chão e duas cadeiras de plástico.

---

[10] *Hondo Yeminda*: foi a luta pela reforma agrária no Zimbábue em 2004. Foi um movimento para recuperar as terras que estavam na posse de fazendeiros brancos.

As malas do pai ocupavam o resto do espaço. Não parecia um lar. Nenhum lugar parecia.

Seu apartamento em Slough era bastante confortável, mas agora quase não havia dinheiro suficiente para pagar as contas, muito menos para elas enviarem seus pertences para o Zimbábue. Shamiso detestava a situação, mas não havia nada a ser feito. Seu pai era o único que trabalhava na família, e até que sua apólice de seguro de vida fosse paga, ela e a mãe estavam sem recursos e quebradas.

Ela ficou perto da janela da sala de estar, ou seria cozinha? Podia ver a silhueta da mãe na janela da cozinha da casa principal. Ela parecia estar esfregando algo, a pia, talvez. Afinal, não havia pratos sujos, já que ninguém estava em casa.

Shamiso foi até o rádio. Talvez uma música a animasse. Enquanto tentava sintonizar, perguntando-se por que o rádio não respondia, seus olhos passaram pelo aviso que havia sido deixado na caixa de correio. Claro, o racionamento de energia!

O silêncio era demais. Ela sentia a frustração se alastrando. Este era o lugar que seu pai amara, mas era impossível para ela amá-lo do mesmo jeito. Ela sentiu como se estivesse presa em um pesadelo do qual não podia sair, como se alguém tivesse puxado o tapete debaixo dela e roubado sua vida.

20

O terror pairava no corredor e se agarrava às paredes do hospital. O local cheirava a remédios, dor e doenças. A energia pesada fez Tanyaradzwa ficar desconfortável. Ela estava sentada na cadeira, o pé batendo no chão ansiosamente. Não havia muito para distraí-la. De vez em quando, passava alguma pessoa uniformizada, mas era isso.

Tanyaradzwa viu os lábios da mãe se mexerem enquanto ela falava com uma das enfermeiras na recepção. Ela assentia com a cabeça quando a enfermeira falava. Tanyaradzwa suspirou. O hospital não aceitava mais nenhum plano de saúde individual. Tornou-se um risco financeiro. Ao lado delas, outra enfermeira falava com um senhor calvo que parecia conhecer bem a fadiga. Tanyaradzwa ouviu a enfermeira explicando que ele precisaria pagar seu tratamento em dinheiro. Pelo menos elas já sabiam disso antes; a oncologista tinha avisado com antecedência. Ela viu o senhor sair do hospital.

Tanyaradzwa piscou lentamente. O câncer deixava todos exaustos.

Enquanto seus olhos seguiam o senhor, viu o pai andando de um lado para o outro no lado de fora da entrada do hospital, uma mão segurando o telefone na orelha e a outra nadando no ar. Ele tinha estado assim pelos últimos vinte minutos, aproximadamente. Ele franzia a testa e coçava a cabeça. Precisava retirar uma grande quantia de dinheiro do banco, não só para contas relacionadas ao tratamento dela, mas também para o seu negócio. Foi anunciado naquela manhã que os cidadãos só poderiam retirar um máximo de alguns milhares de dólares do Zimbábue. Isso criou pânico. Ela olhou para o rosto franzido, marcado por linhas de preocupação. Ele estava tentando retirar o dinheiro: dinheiro que ele sabia que tinha no banco.

– Tanyaradzwa Pfumojena! Tanyaradzwa Pfumojena. Ela se virou e olhou para a mãe, que assentiu e depois sinalizou para o pai. Ele apontou para o telefone e continuou a andar. Tanyaradzwa seguiu a enfermeira pelo corredor. Quanto mais avançavam, mais terrível se tornava o cheiro de remédio. A enfermeira indicou que ela se sentasse.

– Tanyaradzwa Pfumojena – ela disse, lendo a prancheta. Ela sorriu, o que só deixou Tanyaradzwa mais incomodada. Ela observou enquanto a enfermeira pegava uma longa seringa na bandeja. O plástico sendo cortado fez um barulho alto. Seu coração acelerou. Já passara por tudo isso, mas era algo com que nunca se acostumaria.

Seus olhos se fixaram no braço da enfermeira quando ela conectou o pequeno cano plástico do soro até o final da seringa. Tanyaradzwa engoliu em seco novamente. A mão fria e enluvada da enfermeira esfregou seu braço, procurando uma veia.

– Respire... – ela disse, e sorriu daquele jeito alarmante. – Você já fez isso, não?

Tanyaradzwa assentiu.

– Não se preocupe, vai levar um minutinho só – a enfermeira passou o líquido esterilizante em seu braço.

Tanyaradzwa prendeu a respiração, olhos na seringa e coração batendo rapidamente.

Estremeceu com a picada da agulha.

Parte três
Seis semanas depois

21

A vida tinha começado a entrar em um novo ritmo. Tinotenda estava sentado na mesa do professor em frente à turma, como sempre, lendo o jornal. Como em todas as terças-feiras, os alunos só mais ou menos prestavam atenção enquanto ele lia em voz alta. Mas, diferente de outras terças-feiras, o sr. Mpofu não tinha conseguido ir até a sala entregar o jornal, então eles não tiveram de ouvir um discurso sobre a importância de ficarem atualizados sobre os acontecimentos do país.

Hoje, por causa da greve, nenhum professor tinha aparecido, embora Tinotenda afirmasse ter visto vários deles na sala dos professores, provavelmente para assegurar que os alunos não ficassem completamente abandonados.

Shamiso se perguntou sobre o sr. Mpofu. Havia boatos de que uma briga havia acontecido no bar perto da escola, onde a maioria dos professores ia tomar uma cerveja depois do trabalho. Aparentemente, as opiniões políticas do sr. Mpofu tinham instigado uma briga e ele tinha sido esmagado como uma amora debaixo do pé. Shamiso não tinha ideia se os rumores eram verdadeiros.

Ela olhou para o carvalho lá fora. Ouvia Tinotenda lendo. Os resultados eleitorais já tinham sido divulgados, com quase um mês de atraso. O jornal anunciara que possivelmente haveria novas eleições, o que desencadeou o caos. Pessoas em todos os lugares, mesmo na escola, estavam no limite, trocando diferentes opiniões.

Shamiso olhou para o relógio, perguntando-se se o sr. Mpofu apareceria. Ele nunca chegava atrasado, independentemente da greve. Na verdade, ele era um dos poucos professores que fazia questão de comparecer às aulas. Ela tinha ouvido os outros brincando sobre uma vez em que ele estava gripado, e tinha tossido e espirrado durante toda a aula; não que os alunos tivessem ficado felizes com isso. Ela olhou para o relógio novamente, percebendo que os segundos rastejavam. Tinotenda agora estava narrando uma versão inventada do que tinha acontecido no bar. Pelo jeito que ele contava a história, parecia que estivera lá, tendo escapado dos dormitórios à noite. Shamiso revirou os olhos. Ele não tinha exatamente dito que estivera lá, mas a história tinha muitas inconsistências. Ela supôs que ele já havia presenciado cenas como aquelas em outras ocasiões e agora estava imaginando o que teria acontecido naquele dia.

Tanyaradzwa parecia ser a única outra pessoa na turma cuja mente também estava viajando.

Shamiso virou-se para o livro. Sentia o peso dos olhos de Tanyaradzwa sobre ela, mas anotou algumas respostas como se não tivesse notado.

Tanyaradzwa sacudiu a cabeça e virou-se para frente de novo. Ela se abanou, abriu o botão superior da camisa e afrouxou a gravata. O calor era desesperador. Era estranho como todos os outros pareciam estar lidando bem. Ela baixou a cabeça na direção da mesa e, ao fazê-lo, sentiu saliva se acumulando na boca. Engoliu, tentando disfarçar. Antes que percebesse o que estava acontecendo, seu café da manhã estava no chão e sua boca tinha um gosto nojento e amargo. Nada mais ficou com ela depois disso.

Shamiso agiu instintivamente, empurrando a cadeira para trás e abrindo caminho até onde Tanyaradzwa estava deitada no chão. Uma pequena multidão se juntou ao redor dela, mas a maioria dos alunos ficou em suas mesas, olhando fixamente.

Shamiso chamou Tanyaradzwa, mas era como se o corpo dela tivesse desistido. Sem pensar, ela fez um gesto para que Paida e outras duas meninas ajudassem a levantar Tanyaradzwa, e foi até a enfermaria.

Quando saíram pela porta, Shamiso olhou de volta para a sala. Todos estavam sussurrando entre si, os rostos coloridos pelo nojo.

22

Shamiso encontrou-se no meio de tudo o que estava acontecendo com Tanyaradzwa. Ela estava sentada em um banco de madeira fora da enfermaria, perguntando-se como havia chegado ali. Naquele breve momento, ela fora agarrada por um sentimento de bondade insano e entrara em ação. Agora, estava sentenciada a sentar no banco da enfermaria durante toda a tarde. Paida e as duas amigas estavam a uma pequena distância.

Devido à falta de gasolina, a van da escola não tinha sido abastecida. E já que Tanyaradzwa parecia estar melhorando, a enfermeira da escola perguntara às meninas se elas a acompanhariam até o dormitório a pé, para se certificar de que ela chegaria bem.

Shamiso sentiu-se presa. Ela ouviu Paida dizer às outras meninas como o pai dela tinha levado a família para um feriado em Zanzibar para comemorar o décimo oitavo aniversário de seu irmão, que também ganhou uma fazenda de presente depois.

– ... tipo, o que é que ele vai fazer com uma fazenda? Meu irmão nem queria saber disso. Ele só queria um Xbox novo.

Shamiso coçou o pescoço. Uma tarde com Paida foi o preço que ela teve que pagar pela compaixão.

Paida e as amigas estavam entretidas com risadinhas e sussurros, evidentemente aproveitando a desculpa para não estar na aula. Shamiso virou-se para ver se havia algum movimento no consultório da enfermeira.

Shamiso aproximou-se das outras meninas.

– Vocês sabem quanto tempo isso vai levar?

Elas pararam e olharam para ela.

— Cara, você tá com cheiro de fumaça — Paida riu enquanto se afastava.

Shamiso recuou e seu coração começou a bater forte. As outras garotas entortaram o nariz e continuaram a conversa.

Ela caminhou lentamente até o porta-jornais perto da saída para cheirar o cardigã disfarçadamente. Ela sabia de onde tinha vindo a fumaça. Esfregou a coceira que subia pelo braço direito. A conversa das meninas acompanhou-a até o porta-jornais. Então, ficou paralisada, congelada. A manchete do jornal na prateleira de metal a deixou horrorizada. Pegou-o, as duas mãos tremendo. Uma foto do pai preenchia metade da página. Seu coração congelou, empacado no meio de uma batida. Prendendo a respiração, desdobrou o jornal e leu a metade inferior. O caroço na garganta aumentou.

— Talvez a Tanyaradzwa esteja grávida — ouviu Paida dizer, e as três meninas explodiram em risadinhas e sussurros.

— É, são sempre as quietinhas que fazem essas coisas — uma das meninas concordou.

Shamiso se esforçava para respirar. Ela já não aguentava o barulho e as risadas que saíam da boca de Paida. O mesmo som que escapara dos lábios da menina no dia em que ela espalhara essas mentiras sobre seu pai. Mentiras que continuavam se espalhando, e espalhando, e espalhando. Estavam em todos os lugares!

— Ultimamente ela tá sempre doente, na verdade — Paida continuou, aproximando-se das amigas.

Shamiso fechou os olhos. A realidade fugiu do seu alcance, ganhando força e puxando-a para seu vórtice. Ela não tinha onde se segurar. Toda a pressão efervescia dentro dela. Ela precisava que tudo parasse: o barulho, as risadas, as mentiras.

— Calem a boca! — ela disse com raiva, ainda perto dos jornais. As três meninas olharam para ela, surpresas. Sua respiração ganhou ritmo, galopando para aliviar seus pulmões sedentos.

Paida levantou uma sobrancelha, cruzou os braços e deu um passo para trás.

– A gente não estava falando com você.

Shamiso encarou a menina, o coração ainda batendo rápido. Ela foi tomada pela raiva, moveu o corpo na direção de Paida e levantou a mão.

Shamiso sentiu uma dor aguda cortar a palma da mão e ouviu Paida dar um grito penetrante. Suas mãos tremiam e sua mente girava. Todas as coisas que o jornal havia dito sobre o pai! Ela sabia que não eram verdadeiras. O pai nunca tinha bebido uma cerveja na vida. Ele não podia ter causado a própria morte!

23

Tanyaradzwa gostava de pensar em seu corpo como um saco misterioso de códigos e melodias que precisavam ser mantidos em equilíbrio. Ela sabia que, se fosse ignorado, ele sairia de controle e causaria um desastre perfeito.

Ela manteve o gole de água na boca até ele se aquecer. Olhou para as cápsulas em sua mão, desejando que elas sumissem, inclinou a cabeça para trás e as deixou cair na boca aberta. Segurou-as lá, o gosto amargo escorregando garganta abaixo. Uma dor cutucava suas costas. Ela estava deitada há tempo demais.

Uma brisa suave entrou pela janela. Tanyaradzwa levantou da cama. O ar fresco era tentador. Saiu e sentiu a brisa dançar ao seu redor, esfriando o corpo febril. Andou até a lavanderia, que ficava perto dos dormitórios. A luz emanava pela porta aberta.

Ela ouviu uma torneira na lavanderia pingando. A água havia sido cortada de novo mais cedo. Provavelmente, tinham esquecido de fechar a torneira depois de verificar se a água tinha voltado. Entrou na lavanderia para fechá-la e viu alguém sentada na escada que saía do cômodo.

Ela parou.

– Shamiso?

Shamiso virou-se na direção de Tanyaradzwa. Ela escondeu a mão.

– O que você tá fazendo aqui fora? – Tanyaradzwa perguntou, surpresa.

Shamiso virou de costas para Tanyaradzwa e puxou as mangas do pijama por cima das mãos.

– O que é que você acha? – levou um cigarro até a boca.

Tanyaradzwa encarou-a por um momento, então sentou-se ao seu lado. Shamiso procurou qualquer traço de julgamento no rosto de Tanyaradzwa. Não encontrou nada.

– O que você tá fazendo aqui? – Shamiso perguntou.

– Ar fresco – respondeu Tanyaradzwa.

Ficaram sentadas por um tempo, incertezas pairando entre as duas.

– Ouvi por aí que você deu um tapa na Paida?

Shamiso desviou o olhar. Um sorrisinho escapou dos seus lábios.

– Na verdade, minha mão escorregou e caiu na cara dela?

As duas riram de forma desajeitada, esticando o silêncio, cada uma pensando em como continuar a conversa.

– Se você fez isso por minha causa, seja cuidadosa. Já tá parecendo que você tem um coração – Tanyaradzwa aconselhou, com sua voz suave.

Shamiso sorriu.

O silêncio se instalou novamente.

– Eu não tô grávida.

– Eu sei.

Tanyaradzwa hesitou.

– É... câncer.

Shamiso manteve o olhar distante e tragou o cigarro novamente, como se não tivesse ouvido. O silêncio ficou entre elas por mais um minuto. Os olhos de Tanyaradzwa estavam em Shamiso, esperando a pena que geralmente aparecia. Shamiso virou-se para ela. Seus olhos estavam quietos. Eles ofereciam um alívio incrível. Naquele momento, Tanyaradzwa não se sentiu como a menina com uma doença mortal.

– Você vai morrer?

Tanyaradzwa manteve os olhos em Shamiso. Colocou a mão direita no pescoço e pressionou levemente o pequeno nódulo que estava lá, dentro dela. Ela não sabia como se sentir sobre essa pergunta.

– Bom, não vamos todos?

Shamiso olhou para ela e sorriu.

– Você precisa mais disso do que eu, então? – e ofereceu o cigarro aceso para Tanyaradzwa.

Tanyaradzwa soltou uma gargalhada ressonante. A risada dela se arrastou, durando muito mais tempo do que deveria; como se houvesse um carro quebrado por perto, com as chaves presas e se negando a reiniciar.

24

Os alunos caminhavam em pequenos grupos indo até as salas para o período da noite, depois de outro longo dia na escola. Os professores estavam resistindo. Shamiso andava sozinha, pensando em qual era a finalidade da escola se os professores estavam em greve. Mas a diretora deixara claro que os estudantes deveriam seguir com seus estudos em ritmo habitual.

Mas nada parecia estar em ritmo habitual. Em um dia normal, os alunos já estariam sentados, esperando o segundo sinal tocar. No entanto, Paida e suas amigas conversavam atrás dela, relaxadas apesar do horário, e as meninas em frente estavam tendo uma discussão acalorada, o volume aumentando à medida que explicavam as coisas umas às outras em vozes concorrentes.

Shamiso continuou ao longo da alameda dos jacarandás até as salas de aula e sentiu um leve toque em seu ombro. Ela se virou e viu Tanyaradzwa caminhando ao lado dela, segurando os livros contra o peito.

– Oi... – disse Tanyaradzwa.

Shamiso fez uma careta.

– O que houve com a sua voz?

– Acho que eu tô ficando gripada, só isso – Tanyaradzwa explicou, tossindo.

Shamiso franziu o rosto. As duas seguiram em silêncio.

– Você quer um pouco? – Tanyaradzwa perguntou eventualmente. Shamiso olhou para o pacote de *maputi* na mão da amiga e sorriu. Ela tinha odiado o gosto salgado no início, mas aprendeu a gostar. Enfiou a mão na parte de trás da bolsa e pegou um pacote também, balançando-o de forma brincalhona na cara de

Tanyaradzwa. As meninas explodiram em gargalhadas, o que fez Tanyaradzwa tossir.

No meio da brincadeira, Shamiso não percebeu que o envelope amarelo, aquele com a letra do pai, tinha sido puxado junto. Ele estava pendurado para fora do bolso, quase caindo em queda livre. O sinal tocou alto, anunciando o início do período; todos já deveriam estar sentados em suas mesas. Os alunos ao redor delas começaram a correr.

– Vai, corre – Tanyaradzwa aconselhou, em sua voz de sussurro. As duas viram o sr. Mpofu caminhando na direção delas, uma mão no bolso e a outra carregando uma pequena mala. Ele estava ligeiramente manco e seu lábio estava cortado, como se ele tivesse entrado em uma briga. As meninas se entreolharam, Tanyaradzwa mais nervosa do que Shamiso.

– Pfumojena... Muloy... – ele disse quando se aproximou, a mão livre agora acariciando suavemente a barba como se ela fosse um gato mimado da realeza.

Shamiso apressou o passo. Tanyaradzwa tentou ir mais rápido também. Paida e suas amigas corriam atrás delas. O envelope amarelo caiu.

– Vocês... por acaso... ouviram o sinal? – ele perguntou, agora parado ao lado do portão principal.

Shamiso revirou os olhos. Enquanto ela estava prestando atenção no professor, Paida pegou o envelope e o escondeu entre os livros, a animação saltando nas veias por ter se apoderado de algo que pertencia a Shamiso.

– Senhor, eu não estou me sentindo bem, então não consegui... – Tanyaradzwa começou a se explicar. O sr. Mpofu levantou a mão, parando o monólogo. Os olhos dele estavam em Shamiso o tempo todo.

– Muloy... você também... está doente?

Shamiso balançou a cabeça.

Ele olhou para trás dela.
– Paida... você não deveria... dar o exemplo?
Paida ficou em silêncio.
– Então acredito... que ficarem de detenção amanhã... vai ajudar vocês a escutarem... da próxima vez que o sinal tocar – as meninas começaram a implorar, mas logo pararam, percebendo o olhar duro do professor. Ele saiu do caminho, permitindo que elas fossem para a aula. Elas seguiram, com medo de olharem para trás e se transformarem em sal.

25

Paida largou a mochila no quarto depois da aula e encarou o envelope amarelo que Shamiso deixara cair. A curiosidade a atingiu em cheio e ela se perguntou o que o envelope continha.

Sabendo que o que estava prestes a fazer era errado, verificou se alguém estava atrás dela, antes de abrir a aba do envelope e tirar as folhas de papel dobradas. Seus olhos correram pela primeira página. Ela escutou vozes no dormitório de Shamiso, as colegas de quarto rindo de alguma coisa.

No começo, deu um sorrisinho presunçoso ao perceber quem era o pai de Shamiso. O nome dele estava assinado em letras grandes no fim da página.

Ela foi para a página seguinte. Seu coração acelerou por causa da adrenalina. Parecia que ele estava atrás de uma história.

Então, ela sentiu o medo agarrar sua garganta.

26

Noites se desenrolaram e o tempo cumpriu seu papel, forjando uma amizade entre Shamiso e Tanyaradzwa. As tempestades das duas rugiam, mas elas encontravam um estranho tipo de paz nessa distração.

Shamiso ainda se segurava, ocasionalmente. No fundo da mente, escutava uma voz dizendo que caso permitisse que essa amizade fosse internalizada, seria rasgada quando o relógio parasse e o velcro fosse arrancado.

Mas quando elas sentavam naquela mesma escada na saída da lavanderia, ela jogava as preocupações para o alto e mergulhava de cabeça. O céu era um mar de estrelas e ela ouvia o chiado baixinho da respiração de Tanyaradzwa sobre o zumbido dos grilos.

– Ele... meu pai... morreu num acidente de carro – Shamiso sussurrou, as palavras se escondendo na rouquidão da voz – Disseram que ele bateu numa árvore, no meio do nada, nem tinha tráfego. Ela engoliu.

O caroço.

– Sabe... – ela persistiu, ignorando a dor – ele nos deixou para vir até aqui, ele disse que tinha uma pista pra uma história grande. Ele... – ela soluçou.

Tanyaradzwa endireitou a postura e observou a amiga lutando para conter as lágrimas.

– Eu queria saber o que aconteceu com ele de verdade. Ninguém simplesmente bate numa árvore, né?

Elas ficaram sentadas por um tempo, então Shamiso tirou a caixinha do bolso.

– Você não se importa, né? – ela perguntou, pegando um cigarro.

Tanyaradzwa balançou a cabeça.

Shamiso colocou o cigarro entre os lábios e o segurou lá.

– Os jornais estão falando que ele causou o acidente, mas ele nunca bebeu na vida – ela olhou para Tanyaradzwa, o rosto feito um nó. – Como é que eu vou amar a cena de um assassinato?

Tanyaradzwa parecia confusa.

– Esse lugar... é culpado pela morte dele... mas é a única coisa que nos conecta. Como é que eu vou amar esse país?

Tanyaradzwa reconheceu a dor. Ficava diferente em Shamiso, mas ela reconheceu mesmo assim. Ela podia ver a derrota enrolando os dedos gelados ao redor da amiga. Era uma descida escorregadia. Seus olhos se encheram de empatia.

Shamiso limpou o nariz nas costas da mão.

Tanyaradzwa pediu por uma única palavra, mas não saiu nada. Confortar uma alma machucada era uma tarefa gigantesca.

Mas então ela percebeu; as duas ansiavam por uma cura. Ela inspirou e fechou os olhos, imaginando o ar tocando suavemente os pedaços quebrados dentro dela.

– Seu pai, o jornalista...? – ela quis confirmar.

Shamiso assentiu.

– As palavras que ele escrevia davam esperança para as pessoas – Tanyaradzwa disse, decidida. – Eu acho que o seu pai tinha alguma razão pra amar esse lugar. Espera um pouco, e quando você conseguir sentir outra coisa além de dor, vai começar a ver os motivos. Não, as coisas não estão como deveriam. Elas nunca vão voltar a ser como eram antes, mas vão ficar melhores do que agora. A dor vai embora.

Shamiso franziu o rosto. Ela fungou.

– Como é que você sabe?

Tanyaradzwa sorriu.

– Bom, só a esperança nos dá forças para voar e escapar da tempestade, né?

Shamiso arregalou os olhou. Ela tinha ouvido essa citação vezes demais. Essas palavras eram do pai dela. Sua última incursão com tinta e papel tinha sido um discurso emocionado sobre os velhos tempos roubados de seu belo país; sobre os muitos filhos deste solo que foram expulsos pelo câncer que se alastrava; sobre como ele não pudera voltar para casa da diáspora para enterrar seu pai porque ele poderia fazer coisas mais importantes com o dinheiro da passagem aérea, como pagar pelo enterro. Sua saída triunfal – um artigo muito bem articulado e cheio de emoção, que Shamiso havia lido tantas vezes a ponto de conhecer todas as palavras – era a última lembrança que ela tinha do pai. Ela voltou para Tanyaradzwa.

– Deixa eu adivinhar... você é uma daquelas pessoas que acham que o copo tá sempre meio cheio, né?

Tanyaradzwa sorriu e olhou para o céu escuro. Shamiso viu a silhueta dela se movendo com o luar. Ficou presa em memórias sobre o pai, todas se batendo contra seu cérebro. Ela quase conseguia vê-lo, girando na cadeira com a caneta na boca, tentando escrever. Conseguia praticamente sentir o cheiro do café frio na caneca em cima da mesa.

– Se você passasse mais tempo comigo, saberia que isso não é nem um pouco verdade. Eu com certeza sou uma daquelas pessoas que pensam que se o copo tá meio vazio, então por que não beber o que tá dentro dele? – Tanyaradzwa respondeu finalmente, olhando bem nos olhos de Shamiso. A luz da lua dançava no lado esquerdo do seu rosto. – Mas sei que seu pai estava certo em ter esperança.

Shamiso fechou os olhos. Ela não queria ouvir nada disso.

– Se você quer saber, eu acho a esperança uma coisa bem perigosa. Pode acabar em um salto pra uma escuridão infinita.

O coração de Shamiso batia acelerado enquanto ela caminhava rapidamente de volta para o dormitório. A pressa dos seus pés deixava claro que ela estava fugindo de alguma coisa.

27

Os alunos seguiam estudando, com esperança de que o professor de História continuasse em greve e não comparecesse às aulas. Havia rumores de que a associação de pais da escola estava juntando incentivos para serem dados aos professores, para compensar seus salários escandalosamente baixos. Os estudantes, liderados por Tinotenda, debatiam se isso era ou não uma boa ideia.

Shamiso e Tanyaradzwa estavam sentadas nos lugares habituais; Tanyaradzwa estava fingindo que tudo estava bem entre elas, enquanto Shamiso mantinha o nariz enterrado em um livro. De repente, ela pegou a bolsa para procurar pela agenda. Olhou dentro da bolsa. O envelope tinha sumido! Abriu a mesa e verificou se tinha colocado lá.

– Você viu meu envelope amarelo? – perguntou para Tanyaradzwa, a expressão do rosto deixando claro que isso não era um pedido de trégua. Tanyaradzwa balançou a cabeça. Shamiso se amaldiçoou por não o abrir antes. Perguntou-se se havia deixado cair ou se alguém o pegara. Colocou a mochila no chão, tentando se consolar com o fato de ainda existirem partes do pai nos artigos que ele publicara.

O sr. Mpofu apareceu na porta. A turma ficou em silêncio. Ele segurava um jornal enrolado na mão e parecia ter novos hematomas no rosto. Tinotenda imediatamente se levantou, indo em direção a ele para pegar o jornal.

O professor fez sinal para ele parar.

– Muloy – disse.

Shamiso tirou os olhos do livro. Bufou, frustrada, antecipando outra discussão. O sr. Mpofu fez sinal para ela com o jornal na mão.

– Não sou eu que lê – protestou.

– Mas você sabe como? – ele perguntou, entrando lentamente na sala, a outra mão ainda no bolso.

– Sim – ela sorriu, porque a pergunta era absurda.

– Bom... então é isso – ele disse, estendendo o jornal na direção dela.

Ela se levantou e foi para a frente da sala, de frente para Paida, que estava na primeira fileira, como sempre. Paida ficou em silêncio, evitando qualquer contato visual com Shamiso. Ela colocou a mochila no colo. Shamiso respirou, tentando dissolver a raiva.

O sr. Mpofu entregou-lhe o jornal. Shamiso desenrolou e olhou para a primeira página.

– Esse jornal é antigo – disse, surpresa.

– Eu sei... Nós celebramos o Dia da Independência no mês passado, mas já que seu professor de História... não vem hoje... – ele pausou como se tivesse esquecido que estava no meio de uma frase – ... eu pensei que você pudesse ler um dos melhores textos já escritos em comemoração à nossa independência. Não importa o que aconteça... vocês, crianças, não podem esquecer que nosso país é lindo, e tem um espírito lindo. Não se esqueçam de lutar por ele quando for necessário.

A turma ouviu, todos confusos. Parecia um discurso de despedida. Shamiso suspirou. Ela leu lentamente a manchete, deixando claro que não estava feliz com a tarefa. Seus olhos deslizaram para as pequenas letras com o nome do jornalista. Os lábios foram mais rápidos do que a mente e ela leu o nome em voz alta. Suas mãos apertaram o jornal. Paida puxou a mochila para mais perto. Tanyaradzwa prestou atenção.

Shamiso se virou na direção do sr. Mpofu. Ele sorriu levemente e assentiu. Ela piscou, expulsando as lágrimas, enquanto o observava sair da sala. Ela sentou-se na mesa do professor, as vozes em sua cabeça gritando que ela deveria correr. Limpou a garganta e se esforçou para ler o curto trecho retirado dos arquivos do pai.

28

O problema de engolir o orgulho é que, como qualquer osso grande, ele pode ficar preso na garganta. E como qualquer pessoa razoável, o único remédio que Shamiso conhecia era beber muita água. Ela estava sentada, inquieta, tentando evitar olhar para Tanyaradzwa. Encheu o copo de novo e tomou um gole. A noite passada tinha sido intensa.

As meninas estavam sentadas no refeitório em meio a um mar de alunos que conversavam. Eles esperaram que os empregados trouxessem a comida para as mesas. O cômodo ecoava o som de colheres e xícaras, alunos ansiosos pelo café da manhã. Parecia estar demorando um pouco mais do que o normal. Finalmente, os empregados uniformizados saíram da cozinha ao som de aplausos enquanto empurravam carrinhos pesados com tigelas de comida, colocando uma em cada mesa. Assim que o fizeram, todos ficaram em silêncio enquanto um dos alunos fazia uma oração. O silêncio foi quebrado por um retumbante "Amém".

Quando as tigelas foram descobertas, elas soltaram um aroma espesso de *fat cakes*[11], juntamente com expressões chocadas e protestos.

Um monitor estava na frente do refeitório.

– Alunos, devido à situação no país, não conseguimos adquirir pão para o café. Mas tenho certeza que a alternativa vai deixar todo mundo satisfeito. Por favor, saibam que a escola está fazendo tudo o que pode para garantir que vocês sejam bem cuidados. Apreciamos a sua compreensão e cooperação...

---

[11] fat cake: bolinho frito em óleo, feito de farinha de trigo e ovos; consumido por pessoas economicamente desfavorecidas, no sul da África.

Os alunos não ficaram satisfeitos, mas a maioria aceitou a mudança. Tanyaradzwa assistiu a menina na ponta da mesa servir chá do bule gigante nas dez canecas, uma para cada pessoa. Era a primeira vez que serviam chá preto, mas a razão para isso era a mesma por trás dos bolinhos.

Um monitor fez sinal, chamando Tanyaradzwa. Shamiso observou enquanto ela o seguia. Ao sair, Tanyaradzwa viu o carro do pai estacionado sob os enormes jacarandás. Seu coração bateu de emoção. Ele estava de pé perto do carro, conversando com a diretora.

A uma curta distância, Paida estava de pé diante de um Mercedes vermelho, equilibrando duas enormes caixas e conversando com um homem uniformizado, provavelmente um motorista. Isso acontecia todas as semanas desde que a escassez de alimentos atingira a escola. As duas pareciam ser as únicas com permissão para receber visitantes regularmente. Isso fazia sentido para Tanyaradzwa, porque ela estava doente. Quanto a Paida, provavelmente tinha a ver com quem era o pai dela. Ela recebia duas caixas de comida toda semana e nunca deixava de compartilhar a informação, embora não fosse tão generosa com a comida. Todo mundo estava tendo dificuldades para conseguir suprimentos. Parecia que Paida teria dificuldade também, mas com um problema bem melhor. Pelo jeito que os ombros dela tremiam, parecia que as caixas eram muito pesadas.

Quando Tanyaradzwa se aproximou do pai, preparou-se para ouvir a mesma conversa que eles tinham o tempo todo. Ele insistiria que ela deveria voltar para casa; ela insistiria para ficar.

– Você parece forte – ele disse, estendendo a mão para cumprimentá-la. Ela sorriu, ajustando a gola da camisa.

– Nós estamos cuidando dela – a diretora prometeu.

– Muito obrigado por assegurar que ela fique bem – disse o pai de Tanyaradzwa, o rosto mostrando toda sua gratidão.

A diretora assentiu e se retirou.

— Como você está, Baba? — Tanyaradzwa perguntou, juntando as mãos, em sinal de respeito. Ela sabia que ele não gostava de ser chamado de "Pai".

— Espero que você esteja estudando bastante — ele disse, abrindo a porta do carro para ela entrar. Tanyaradzwa sentou no banco do passageiro e esperou. Pelo jeito, o pai queria conversar em particular. Ele já tinha dito várias vezes para ela nunca esquecer como era privilegiada por poder receber essas visitar regularmente, considerando-se que isso ia contra as regras da escola. E que ficar se exibindo seria um insulto aos outros alunos.

— A maioria dos professores ainda está em greve — ela informou.

Ele assentiu.

— Você não deve diminuir o ritmo por causa disso. Vamos contratar um professor particular nas férias.

Ela esperou que ele lhe pedisse novamente para voltar para casa com ele. Mas pela primeira vez ele falou sobre todo o resto, em vez disso.

— Por enquanto, você deve continuar estudando sozinha. Eu trouxe alguns livros didáticos — ele disse, entregando-lhe uma pilha de livros novos. Ela sorriu e os colocou no colo. Eles ficaram sentados em silêncio.

— Bom, eu não posso ficar muito tempo ou vou perder meu voo. Eu trouxe os seus remédios e alguns lanchinhos — ele disse, enfim, entregando uma sacola plástica cheia de comida. Todas as marcas eram estrangeiras. — Não tem Mazoe[12] em lugar nenhum, então você vai ter que beber esse suco mesmo — disse, dando tapinhas nas costas da filha.

Tanyaradzwa sorriu para ele. Ela sabia que ele estava indo para Botsuana novamente. O anúncio recente de que todas as empresas seriam de propriedade majoritária dos cidadãos havia

---

[12] Mazoe: suco de laranja tradicional do Zimbábue.

assustado seus investidores. Ele estava tentando levar o negócio para fora do país.

O pai se despediu e partiu. Ela observou o Range Rover se afastar, deixando um rastro de poeira no ar.

Shamiso saiu do refeitório com o resto dos alunos e foi até Tanyaradzwa. Ao ver o corpo magro da amiga, percebeu que ela estava perdendo peso.

– Tá tudo bem? – Shamiso perguntou, usando a curiosidade e a preocupação para engolir o orgulho.

Tanyaradzwa abriu um sorriso poderoso.

– Temos comida – ela disse, abrindo a sacola de presentes, uma oferta de paz.

As duas meninas riram, encantadas com a entrega de comida, que tinha chegado na hora certa.

29

É importante lembrar de três coisas principais em dias quentes e ensolarados: beba muita água, fique na sombra o máximo possível e não seja pego com as pernas finas de uma galinha roubada penduradas para fora da sua camisa. O calor é brutal, mas uma diretora enfurecida é muito pior.

Shamiso e Tanyaradzwa estavam na primeira fileira da multidão reunida no pátio da escola. Elas podiam ver os estudantes olhando para a esquerda e rindo. A risada se espalhou como um vírus. As meninas ficaram na ponta dos pés, tentando ver o que estava causando a comoção. Os olhares dos estudantes moveram-se lentamente da esquerda para a frente.

Shamiso e Tanyaradzwa observaram Tinotenda ser jogado no palco pela diretora, que segurava firmemente o braço direito do menino. O rosto dele carregava uma mistura única de medo e malícia. Todos tentaram reprimir risadinhas, sem dúvida inspiradas pela galinha branca aterrorizada sob a camisa de Tinotenda. Parecia que ele estava seguindo ordens estritas para não deixar o animal sair correndo.

A diretora encarou os alunos, o rosto sério e os óculos balançando na ponta do nariz.

– Bom dia, alunos – sua voz aguda se expandiu, fazendo todos ficarem em silêncio imediatamente. – Como todos sabem, a maioria dos nossos professores está em greve. A administração da escola está fazendo tudo o que pode para garantir que a situação seja resolvida. Como eu disse na semana passada, as instruções do Ministério da Educação são de que os alunos devem permanecer na escola...

A diretora continuou falando sobre a greve e as mudanças nas refeições. Shamiso observou Tinotenda, que ainda estava ao lado da diretora. A galinha, que antes cacarejava, agora estava calma e parecia estar gostando da atenção. O discurso da diretora continuou por vários minutos. Sua voz ficou mais baixa, os olhos percorrendo os estudantes que não ousavam nem espirrar.

– Aqui na Oakwood, nós não toleramos roubos! Mesmo com a mudança drástica nas refeições oferecidas. Eu chamei todos vocês aqui porque o Tinotenda decidiu fazer amizade com uma das galinhas do galinheiro da escola, como vocês podem ver – esta última parte fez todos os alunos soltarem gargalhadas.

Ela permaneceu séria; nem um único músculo do seu rosto se moveu.

– Em circunstâncias normais, o Tinotenda seria suspenso. Mas por causa do seu papel vital na preparação da banda da escola para o festival nacional de música, vamos usar uma punição alternativa – ela ajeitou os óculos novamente. – Por enquanto, a escola vai apoiar essa nova amizade que ele fez com uma das nossas integrantes...

Risadas.

Shamiso arregalou os olhos quando viu o sorriso irônico de Tinotenda desaparecer. Ele se encolheu, tentando evitar a multidão. Ela olhou para Tanyaradzwa, cuja risada abafada saía em ondas por baixo das mãos em concha. Shamiso sorriu; sua expressão era uma fusão de nervosismo e diversão ao ver a galinha aconchegada contra o peito do menino.

– Estou muito decepcionada com você, Tinotenda! Você está aqui para aprender, não para socializar com os animais da escola – ela fez uma pausa para permitir mais risadas. – Alunos, quero deixar bem claro que nada mudou. Vocês ainda devem se concentrar nos estudos. Qualquer um que for pego quebrando regras será tratado de acordo. Entendido?

Ela se virou para o menino, que agora olhava para baixo, envergonhado. A humilhação era com certeza um prato que se comia em público.

30

O sol afundou no horizonte sob o olhar da lua. Essa paisagem sempre transbordava de magia. Os alunos já estavam voltando para seus dormitórios antes de irem jantar. O período para estudo seria logo depois.

Shamiso andou até a sala de música, imaginando por que Tanyaradzwa insistira que ela comparecesse ao ensaio. Quando se aproximou, pôde ouvir a banda tocando. Uma equipe de quatro alunos, três meninos e Tanyaradzwa, que se reunia toda semana para ensaiar. As paredes lá eram diferentes das outras salas. A banda ensaiava de um lado e, do outro, instrumentos diferentes ficavam ao lado de prateleiras. Eles estavam praticando para o festival anual de música, que ninguém sabia se ia mesmo acontecer, por causa da situação no país.

Ela abriu a porta silenciosamente e entrou. Todas as cabeças se voltaram para ela quando a sola do sapato encontrou o chão de madeira.

Tanyaradzwa imediatamente parou de tocar e foi até Shamiso.

– Acabamos de acertar as harmonias. Mal posso esperar pra você ouvir isso – ela disse.

Shamiso sorriu.

– Será que a gente pode terminar antes das senhoritas começarem a fofocar? – Tinotenda exclamou.

Tanyaradzwa apertou o braço de Shamiso.

– Assim que a gente terminar, tá bom?

Shamiso assentiu. Ela observou Tanyaradzwa voltar para seu lugar. Tinotenda ficou perto das paredes brancas no fundo da sala, ajustando o bocal de madeira do saxofone. Shamiso se perguntou quão bem ele tocava. Ele parecia só saber fazer piada. Outro garoto estava concentrado no violão, possivelmente afinando-o, e o terceiro estava de pé ao lado do bongô. Tanyaradzwa sentou-se no meio, a *mbira* no colo. Tinotenda fez sinal para a música começar, e os instrumentos cantaram.

Shamiso observou Tanyaradzwa dedilhar a *mbira*. Ela levava jeito com o instrumento. Havia algo no brilho dos seus olhos que fez Shamiso pensar no pai. Sentiu o estômago apertar. Ela nunca ouvira um conjunto tão belo de instrumentos. A melodia amarrava tudo em um vento choroso. O saxofone sincronizava com as batidas dançantes da *mbira*. Os sons doces das cordas do violão puxavam essa melodia e a empurravam contra as batidas seguras do bongô.

A voz enferrujada de Tanyaradzwa reunia todos os acordes, acompanhando a harmonia da música. Shamiso ficou maravilhada com o talento da amiga. A canção bagunçou suas memórias e desenterrou fantasmas. Tentando calar a tristeza, ela fechou os olhos e se concentrou nas notas musicais. Enquanto ela ouvia, a música começou a mudar. Tanyaradzwa continuou cantando, mas sua voz foi se desfazendo em sussurros. Tinotenda parou de tocar e ficou olhando. Tanyaradzwa resistiu, os dedos tocando a *mbira* como se nada estivesse errado. Os outros dois meninos também pararam de tocar, mas ela continuou com sua música sussurrante.

E então, de repente, a mão esquerda soltou a *mbira*. Shamiso observou a guitarra africana cair no chão. Gotículas de sangue saíram das narinas de Tanyaradzwa. Um barulho ensurdecedor explodiu as orelhas de Shamiso. O som ficou parado no ar. Tudo o que ela podia ver eram lábios se movendo. Sua boca secou. Uma mesa a atingiu por trás. Ela entrou em pânico. Seus olhos correram pela sala, sua respiração se transformando em suspiros desesperados. Era aquela coisa de novo, aquela coisa na garganta.

Ela sabia que Tanyaradzwa estava caída no chão, mas ela não conseguia tirar os olhos da *mbira* abandonada ao lado dela. Sua mente gritou quando os três meninos levaram Tanyaradzwa para fora da sala. Ela viu os braços sem vida de Tanyaradzwa balançando no ar. Shamiso mal conseguia se mexer. Sons, ruídos, gritos atravessavam seus ouvidos. Ela fechou os olhos e lutou para respirar.

31

Shamiso estava deitada na cama no dormitório, implorando que o sono chegasse. O período de estudos da noite tinha sido cancelado devido a outro episódio de queda de energia. Os corredores estavam quase em silêncio. Apenas alguns quartos brilhavam à luz de velas; o sinal dos alunos mais aplicados.

Shamiso ficou virando de um lado para o outro por muito tempo. Sua mente a provocava com cada vez mais medo de perder as pessoas. Os medos cresciam, alimentando-se da sua indulgência. Ela se virou para a porta. A cama de Tanyaradzwa estava lá, vazia e solitária, zombando dela.

Ela tinha ouvido de outros estudantes que um homem em um Range Rover branco tinha vindo levar Tanyaradzwa e seus pertences. Covardemente, Shamiso permanecera na sala de aula, fingindo estudar. Era demais para aguentar.

Ela se virou de novo.

A coceira apareceu subitamente.

Ela não tinha uma noite para si há um tempo. Ninguém estava olhando. Pegou a caixinha debaixo do travesseiro e se dirigiu para a lavanderia, as conversas com Tanyaradzwa passando em sua mente. As escadas pareciam pesadas. Ela se lembrou do canto escondido onde ela tinha ido da primeira vez e correu para lá.

Shamiso abriu a caixinha e olhou fixamente. Sobrava apenas um cigarro. Ela sabia que uma vez que ela o fumasse, não haveria mais nada para anestesiá-la. Incapaz de resistir, retirou-o da caixa, levou o isqueiro até a ponta e o filtro aos lábios. Sentiu a fumaça batendo na parte de trás da garganta e acalmando suas entranhas.

Só então ouviu os passos. Arrastou-se, escondendo-se nas sombras.

– Quanto você tem? – ouviu.

– Dois mil.

– Ah não, amanhã isso já não vai valer muito. Prefiro que você faça meu dever de casa por uma semana?

Shamiso conhecia aquela voz. Ela espiou, escondida pela parede. Paida estava ali segurando vários sacos de batatas fritas e conversando com outra garota da turma delas! Parecia algum tipo de comércio.

– Tá sentindo esse cheiro? – Paida perguntou de repente. – Parece cigarro.

Shamiso se escondeu melhor atrás da parede, deixou cair o cigarro e ficou imóvel. O cigarro liberou um pequeno redemoinho de fumaça. Os passos de Paida vinham em sua direção, ela alcançou a ponta com o pé e pisou nela o mais silenciosamente possível.

– Paida, eu tenho que voltar, antes que eles percebam que eu sumi – a outra voz sussurrou.

Os passos pararam e mudaram de direção. Shamiso suspirou aliviada. Ela andou de volta para o dormitório. Os corredores ainda estavam escuros. Enquanto caminhava na ponta dos pés em direção ao quarto, uma luz repentina brilhou nos seus olhos. Ela viu o contorno de uma mão segurando uma tocha.

– De onde você tá vindo? – ela escutou a voz de Paida! Shamiso protegeu os olhos, levantando a mão direita, expondo sua preciosa caixinha.

– O que é isso? –Paida perguntou, a voz animada.

Shamiso tentou esconder, mas já era tarde demais. Paida já tinha visto. As luzes se acenderam novamente. As garotas piscaram, os olhos se ajustando.

Shamiso ficou parada, sem saber o que fazer.

– Eu posso explicar... – ela começou.

– Eu duvido – Paida provocou, a sobrancelha esquerda levantada. – Escuta, eu posso ficar quieta... pelo preço certo.

Shamiso balançou a cabeça.

– O que é que vocês estão fazendo acordadas? – a voz da governanta ecoou enquanto ela andava na direção delas, o cabelo todo bagunçado, como se tivesse lutado com um gato possuído.

Paida cruzou os braços, desfrutando do desastre que estava prestes a acontecer.

Parte quatro
Um dia depois

32

Enquanto Tanyaradzwa andava com dificuldade até a recepção no consultório, ela ouvia as notícias no rádio. Os zeros seriam cortados novamente. Não fazia sentido dizer que o pão custa um trilhão de dólares. Fazia sentido que o Banco Central estivesse fazendo algo a respeito. Ao entrar no saguão, ela percebeu a ausência de vida humana. Apenas a recepcionista estava lá, sentada atrás de um computador, assistindo algo com seus fones de ouvido conectados, enquanto o rádio seguia emitindo as notícias. Ao sentar-se, Tanyaradzwa rapidamente ajeitou a camisa e endireitou-se; não queria que a recepcionista pensasse que ela estava morrendo.

Ela havia deixado o pai em algum lugar no corredor. Ele estava no telefone, gritando com alguém novamente. A inflação realmente o estava afetando profundamente. Parecia ter caído a meia-noite na maioria de seus investimentos e agora eles estavam todos virando abóboras. A inflação também afetara muito a moeda. Os zeros continuavam indecisos. O pai passara a manhã inteira tentando comprar alguns dólares americanos no mercado clandestino. Ele conversou com um cara que conhecia um cara que trabalhava com um cara que dizia que poderia ajudá-lo. A mãe tinha viajado para a África do Sul a trabalho, então Tanyaradzwa teve que se contentar com o pai distraído. Ela não o culpava, na verdade. Entendia o estresse pelo qual ele estava passando.

— Tanyaradzwa? — a recepcionista chamou.

Tanyaradzwa sorriu. Embora não tivesse energia para falar, levantou-se exibindo a sua versão de autoconfiança. Entregou um maço de dinheiro à recepcionista, assistindo enquanto ela contava o dinheiro meticulosamente, cuidando para ter certeza de que estava tudo lá. Quando a mão chegou na última nota, ela olhou para Tanyaradzwa.

– Er, você veio sozinha? – perguntou.

Tanyaradzwa balançou a cabeça.

– Veja bem, a taxa da consulta aumentou – explicou a recepcionista, com vergonha escapando da voz.

Tanyaradzwa encarou-a perplexa. Eles já haviam aumentado as taxas no dia anterior; agora tinham feito de novo.

A recepcionista sorriu ao ouvir a voz do pai vindo do corredor.

– Você pode entrar. Eu falo com seu pai sobre a taxa.

Tanyaradzwa assentiu e se arrastou para dentro do consultório. Estava andando devagar, mas com a cabeça erguida. A médica estava lá sentada, escrevendo algo com uma mão e segurando o telefone com a outra. Ela sorriu e fez sinal para que Tanyaradzwa sentasse. Seus lábios estavam pintados de vermelho vivo. Tanyaradzwa nunca a vira com tanta maquiagem. Ela andou até a cadeira, sentou-se com cuidado, e esperou. O cartaz na parede estava pendurado pela ponta. O ventilador ainda estava girando, mas desta vez podia-se ouvir também o barulho do gerador.

– Desculpa por isso – a médica disse, enfim, colocando o telefone na mesa. – Como você está se sentindo?

– Um pouco fraca, mas bem – ela disse, com esforço.

A médica balançava na cadeira enquanto olhava para Tanyaradzwa.

– Na verdade você parece bastante fraca, Tanyaradzwa.

Tanyaradzwa ficou desconfortável. Ela detectou um sinal de pena na voz da médica. Tentou endireitar-se e sentar com as costas retas.

– Você veio sozinha? Onde estão seus pais?

– Baba está no telefone.

– Hum... – a médica disse, antes de folhear os registros de Tanyaradzwa. Ela anotou alguma coisa. A porta abriu.

– Sr. Pfumojena, entre, por favor – a médica disse.

O pai de Tanyaradzwa sentou-se ao lado da filha. Ele secou a testa suada e puxou a cadeira para mais perto.

– Desculpa pelo atraso. Sabe, com a economia como está, estamos todos tentando fazer as coisas funcionarem – ele disse, tentando iniciar uma conversa amena.

A médica sorriu.

– O câncer é bastante agressivo e estou preocupada, acho que estamos perdendo tempo. Se vocês tivessem vindo antes, como nós... – a médica engoliu as palavras e respirou fundo. – Podemos continuar com a quimioterapia; ou podemos fazer a cirurgia. Mas a cirurgia é muito arriscada e você pode...

– Eu vou fazer a cirurgia – Tanyaradzwa interrompeu.

O pai colocou o telefone no bolso e olhou para a filha.

– Tanyaradzwa – ele disse, sério, a voz cheia de avisos. Olhou para a médica e tentou se desculpar. – Você sabe como são os jovens hoje em dia. Nós ensinamos que eles devem dizer o que pensam.

– Eu recomendo seriamente que você não faça a cirurgia – a médica continuou.

– Baba, por favor, me deixe fazer – Tanyaradzwa implorou, encarando o pai e falando em voz baixa.

Ele olhou para a filha e coçou os poucos pelos que compunham sua barba.

– Ahn... – ele começou. – Quando...? De quanto nós vamos precisar pra fazer isso?

A médica parou por um momento.

– Se você insiste na cirurgia, hum... Não se preocupe com as taxas agora. Vamos focar em fazer ela ficar bem. Podemos fazer a cirurgia no Hospital Geral. Os custos vão ser mais baixos, diferente de um hospital privado.

Tanyaradzwa olhou para o pai. O rosto dele mostrava desapontamento. Os dois sabiam que hospitais públicos estavam sempre em greve. Um hospital privado seria melhor. Mas os negócios dele não estavam indo bem, e eles não tinham dinheiro o bastante.

Ele assentiu.

– Se vamos fazer a cirurgia, vamos ter que fazer rápido. Talvez semana que vem?

Ela circulou uma data no calendário, anotou alguma outra coisa nos registros e levantou a cabeça.

– Mas até lá eu quero que você tome isso aqui, Tanyaradzwa. Vai melhorar a dor e a náusea. Receio que não tenha muito a ser feito quanto à fadiga.

33

Shamiso estava em pé no ponto de ônibus, perguntando-se o que diria para a mãe. Existia alguma razão lógica para uma menina de quinze anos ser suspensa? Difícil. Ela não sabia se conseguiria esconder a enorme sensação de alívio que estava sentindo por poder ficar longe da escola por um tempo.

A governante não havia perdido tempo e a levara diretamente para a direção. Ela se perguntava se a mãe entenderia. Será que ela entenderia a sensação de sentir a diretora a olhando com nojo pela ideia de uma jovem ser fumante?

Ela imaginava quão brava a mãe ficaria. E pior, quão decepcionado o pai teria ficado.

Sentia as pernas cansadas por estar de pé há tanto tempo, esperando o ônibus. Fazia, pelo menos, uma hora. Não havia mais horários formais, especialmente devido à falta de combustível. Ela puxou a mala para mais perto do ponto de ônibus e se apoiou no poste.

Quase não havia sinal de vida na estrada. O sol engolia a umidade da sua pele. Ela tirou o blazer e deixou-o sobre as pernas. Era a primeira vez em muito tempo que ela deixava os braços à mostra. Acariciou a pele, espantando a ardência do sol com os dedos.

Um som de motor surgiu ao longe. Ela ficou alerta. Viu o ônibus se aproximando rapidamente, vindo na sua direção. Parecia estar lotado. Ela arrastou a mala para perto do meio-fio e fez sinal para que o veículo parasse.

– Tem espaço? – perguntou, quando ele parou.

O motorista riu.

— *Mfana*[13], você vai pra Harare ou não?
— Tem espaço? – repetiu. Os passageiros da frente se seguravam, os punhos no ar, enquanto o motorista mudou a marcha e começou a afastar o ônibus do meio-fio. Em pânico, Shamiso pulou para dentro e ficou atrás do motorista, perto da frente. Ela balançava conforme o ônibus se movia.

— Não tem gasolina e você preocupada com não ter onde sentar? Por que você tá indo pra Harare? Você tá fugindo da escola, né? – o motorista reclamou, amargo. – Os pais trabalhando tanto nesses tempos difíceis, e vocês indo pra festas?

Outro passageiro deu sua opinião.

— Ah, *mukwasha*[14], você sabe, hoje em dia as crianças não dão valor a tudo que a gente faz pra que elas tenham uma boa educação!

— Elas são muito ingratas! Do jeito que as coisas estão, eu esperaria que ela ficasse na escola, mas olha aí! – uma senhora sentada na janela fez sua contribuição emocionada, perfeitamente consciente de que é necessário um ônibus inteiro para criar uma criança.

Shamiso olhou para a senhora, confusa. Ela não entendia o que tinha feito de errado. Só havia perguntado se tinha um assento vago no ônibus!

---

[13] mfana: criança.
[14] mukwasha: "genro", mas às vezes é utilizado para se referir a homens jovens no geral.

34

Shamiso estava sentada nos dois degraus que levavam até a porta da casinha que ela deveria chamar de lar. A porta estava trancada e a mãe não estava em nenhum lugar por perto. Ela estava quebrando a cabeça, tentando inventar uma história plausível para contar. O estômago estava reclamando e ela não tinha comida, então deitou a cabeça na bolsa e caiu no sono.

– Shamiso? – a mãe exclamou.

Shamiso deu um pulo, perguntando-se de onde a mãe tinha vindo. Ela não tinha escutado nada.

A mãe estava lá parada, as chaves na mão, esperando uma resposta. Ela tinha diminuído. As maçãs do rosto estavam mais aparentes do que Shamiso lembrava.

– Você cortou o cabelo? – Shamiso perguntou.

– O que você está fazendo em casa? – a mãe respondeu.

Nervosa, Shamiso desviou o olhar. Havia um homem com a mãe. Ela encarou-o, suspeita. Quem era, e o que estava fazendo aqui?

– Humm, eles falaram alguma coisa sobre as taxas não estarem pagas – disse, franzindo a testa, olhos fixos no homem estranho. Ela o reconhecia de algum lugar. – Quem é esse? – perguntou.

– Ah, esse é o Jeremiah – a mãe respondeu, com a voz mais baixa. – Ele trabalhava com o seu pai. Ele estava no funeral, talvez você lembre.

Sim! Ela lembrava dele falando com a mãe, segurando o chapéu contra o peito. Eles estavam muito envolvidos na conversa. Shamiso encarou o estranho por mais um minuto; então, sem mais uma palavra, pegou as malas e entrou em casa. Por algum motivo, ele a enfurecia. O homem não tinha feito nada, mas a presença dele despertara sua raiva.

Os dois seguiram Shamiso para dentro. Ela largou as malas ao lado da cama e examinou sua aparência no espelho quebrado que ficava no canto.

— Me conte o que aconteceu — a mãe disse, parada ao lado da cama. Shamiso conseguia ver os nós dos dedos da mãe pelo espelho. A pele estava descascando, provavelmente por causa de toda a roupa que ela estava lavando para outras pessoas.

— Eu... eu tentei explicar para a diretora que nós pagamos todas as taxas, mas ela não acreditou... — Shamiso começou.

A mãe escutou a filha falando sem parar.

— Você mostrou o recibo? — ela perguntou baixinho.

Shamiso assentiu e continuou inventando uma desculpa atrás da outra. Ela procurou alguma reação vinda da mãe, desesperada para que ela acreditasse e acalmasse sua culpa e vergonha.

— Eu não entendo por que a diretora foi tão pouco razoável — a mãe desabafou, enfim.

Shamiso tentou esconder um sorriso; a mãe tinha comprado a história!

— Também não entendo por que, depois de ter sido tão pouco razoável quanto às taxas que você provou que estavam pagas, ela também foi tão cruel e suspendeu você por fumar.

Os dedos de Shamiso correram até o pescoço, arranhando desesperadamente enquanto ela tentava silenciar a coceira.

35

Paida estava sentada na cama, olhando para o envelope amarelo que tinha trazido da escola. Sentia a obrigação de proteger o pai contra o que aqueles papéis significavam. Ela observou-os espalhados pela cama, coçando a cabeça e andando de um lado para o outro no quarto. Mesmo a letra parecia ter sido feita para esconder alguma coisa. Só os dois primeiros parágrafos eram legíveis. Ela correu os olhos por eles pela centésima vez.

Todas as evidências apontam para o Ministro. Até falei com um dos donos das fazendas. Temos provas, Jeremiah!

O problema é que isso não queria dizer quase nada para Paida. Ela suspirou, frustrada.

O portão zumbiu, abrindo. Ela escutou do seu quarto. Correu até a janela e viu uma fila de carros entrar no pátio. Pegou o envelope e correu para o andar de baixo. Parou no final da escada, olhando para a porta do escritório do pai.

O irmão estava na sala de estar, assistindo televisão. Ela segurou o envelope perto do peito. O som de homens rindo lá fora invadiu a casa.

O pai não gostava de ser incomodado quando tinha convidados. A regra sempre tinha sido que os filhos ficassem fora do caminho quando ele estivesse trabalhando.

Ela espiou pela janela para ver se ele ainda estava lá fora. Ele não gostava que as pessoas entrassem em seu escritório. Ela olhou para o envelope uma última vez antes de deixá-lo na mesa do pai. Quando saiu do cômodo, esbarrou nele na entrada, com uma fila de homens atrás. Ele não disse nada; simplesmente olhou para ela, os olhos pesados de desaprovação. Ela sorriu de forma nervosa e saiu correndo. A porta bateu quando ele fechou.

Ela viu o irmão zapeando pelos canais de TV, com tédio escrito na testa. Sentou-se no sofá perto dele, toda enrolada em si mesma.

– Você estava no escritório do Sr. Hyde? – o irmão estava chocado. Eles haviam começado a chamar o pai de Jekyll e Hyde por causa de sua natureza imprevisível. Paida olhou por cima do ombro. O irmão balançou a cabeça e ofereceu-lhe o controle remoto, mas ela não aceitou. Olhou novamente para a porta fechada do escritório. Ela sabia que o que quer que estivessem fazendo tinha a ver com o acordo de divisão de poder entre os partidos políticos. Mas não sabia nada além disso. A maior parte do que sabia vinha das notícias. Mas e se eles estivessem falando sobre o que estava no envelope?

– O que você vai fazer com a fazenda que o Papai te deu? – perguntou ao irmão, curiosa.

Ele deu de ombros.

– Sei lá. Mas já arranjei um cara pra vender os tratores e fertilizantes. O Papai tá doido se acha que eu vou virar fazendeiro – ele continuou trocando de canal.

Paida sentiu o estômago revirando.

– Você não liga que antes ela fosse uma grande produtora de chás?

O irmão riu.

– Não fui eu que tirei ela dos donos.

Paida virou a cabeça na direção do escritório do pai novamente. O que quer que estivesse acontecendo naquele cômodo parecia estar demorando muito. Quando a porta finalmente se abriu, ela sentiu o coração saltar ao mesmo tempo que os pés. O irmão parecia intrigado. Os homens ainda falavam quando saíram da sala. Os pés de Paida a levaram até o pai. O rosto dele se transformou numa careta.

– Paida – ele disse, ríspido.

Ela esperou por uma resposta. Ele faria alguma coisa sobre as informações contidas no envelope? Ele perguntaria onde ela tinha encontrado aquilo?

– O que é que eu já disse sobre você me incomodar quando tenho companhia?

O irmão observou nervoso enquanto ela ficou ali, confusa. Paida se moveu e viu a mesa do pai pela porta aberta. A pasta dele estava em cima do envelope. Ele ainda não havia lido!

– Desculpa, Papai – disse, antes de voltar correndo, deixando a carta para quem quer que a encontrasse. Talvez ele não quisesse falar sobre o assunto na frente dos amigos. Quando ela se virou, viu a empregada entrando no escritório com baldes e vassouras. Paida ouviu-a cantarolando enquanto rapidamente arrumava a bagunça da mesa e recolhia todas as cartas e envelopes, incluindo aqueles que não deveriam ser enviados.

36

O calor fervia sob os pés de Shamiso. Os dias estavam se desenrolando como a pele velha de uma cobra. Só fazia alguns dias desde que fora suspensa, mas parecia fazer um ano. Ela estava percebendo, envergonhada, que os desafios da vida no internato não eram nada comparados à realidade nua e crua de casa. Ela estava na fila desde a manhã. Já era meio-dia. O estômago roncava em protesto. A comida estava em falta. Ela sabia que quase todas as pessoas ao seu redor estavam sofrendo da mesma situação. A fila se tornara um ponto em comum para todos: professores, advogados, jardineiros.

As coisas estavam tortas, tristemente às avessas. Há algumas semanas, as lojas estavam cheias de suprimentos. Parecia que Rhodesville tinha ficado presa em um pesadelo durante a noite, longe dos confortos normais dos subúrbios, com suas lojas cheias e pessoas em suas rotinas habituais. Há pouco tempo, o país era conhecido como a zona cerealista da África. Agora ele parecia estar enfrentando as consequências de uma doença mortal, que atingira o coração do país, deixando um rastro de caos.

Uma mulher gorda estava em frente, segurando um bebê que dormia. A criança estava deitada tranquilamente nos braços da mãe, completamente alheia ao que estava acontecendo no mundo. Shamiso invejou sua ignorância. Crescer era uma tarefa cansativa.

– Com licença, essa é a fila do pão, né? – ela perguntou à mulher. Para seu horror, a mulher deu de ombros. Shamiso estreitou os olhos. Como era possível que a mulher não soubesse por que estava em uma fila? Mas, por outro lado, ela também não sabia. Shamiso imaginou o que estaria fazendo se estivesse na escola. Parte dela ansiava por estar entre os outros adolescentes, compartilhando o desespero do período de estudo, em vez de ficar em uma fila. Verificou o celular. Outra chamada perdida de Tanyaradzwa. Enfiou o celular no bolso, como se escondê-lo fosse eliminar o problema. Ela não estava conseguindo responder a nenhuma das mensagens, nem atender as ligações. Quando o telefone mostrava que era Tanyaradzwa ligando, o ciclo recomeçava. A imagem do sangue escorrendo pelo nariz de Tanyaradzwa enquanto a *mbira* caía no chão; a lembrança do rosto machucado do pai naquela caixa forrada de seda...

A fila quase não se movera desde que se juntara a ela. De onde estava, tudo o que conseguia ver era um caminhão com as portas traseiras abertas, cheio de caixas. Um homem de macacão estava sentado lá dentro, tentando lidar com a multidão impaciente. Shamiso não entendia por que eles não vendiam o pão, ou o que quer que fosse.

O homem no caminhão parecia estar explicando que as caixas precisavam ser descarregadas primeiro, mas não estava claro por que ele não havia feito isso ainda. Shamiso não achava que parecia ter pão lá dentro.

Entrar em filas tornara-se uma aventura, as pessoas sem saber para que era a fila e os donos de lojas guardando segredos que eles não queriam revelar.

Um velho a algumas cabeças dela gritava para qualquer um que tentasse furar a fila.

– Você acha que eu não vou comer pão hoje? Tá brincando!

Ela fechou os olhos e expirou devagar. Precisava manter a calma. O pescoço coçava. O calor soprava ar quente em seu rosto. Eram coisas demais!

De repente, duas senhoras passaram por ela, apressadas. Elas olharam para trás e se aproximaram da mulher gorda, tomando cuidado para selecionar bem as informações que queriam compartilhar.

Uma delas segurava um pacote embrulhado cuidadosamente em jornal. Shamiso inclinou a cabeça lentamente, tentando lê-lo.

— Mai[15] Thandi, estão vendendo açúcar aqui do lado — uma das senhoras sussurrou, olhando para Shamiso para se certificar de que ela não estava ouvindo nada. Shamiso revirou os olhos. Quase não havia espaço entre elas, era óbvio que ela conseguia ouvir o que estava sendo dito.

— É açúcar, Mai Thandi — a outra senhora insistiu, os olhos brilhando só de imaginar.

— Mas eu já estou nessa fila — respondeu a mulher gorda, balançando o bebê, que dormia.

— O gerente me disse que eles vão anunciar logo mais. Se formos antes de se formar uma fila, a gente consegue alguns pacotes.

A mulher gorda hesitou. Shamiso sorriu. Açúcar era uma tentação quase proibida. Afinal, não fora um saco de açúcar que trouxera os colonizadores ao país?

— Você disse que tem açúcar? — perguntou outra pessoa.

As senhoras imediatamente seguiram para a loja ao lado. Em poucos segundos, uma comoção explodiu. A fila se desmontou conforme a multidão se dispersava. O bebê da mulher gorda começou a chorar quando ela tentou entrar na frente da nova fila, insistindo que soubera antes de todos.

Shamiso ficou no meio desse caos. Os gritos desesperados da criança ecoavam em seus ouvidos.

A fila se transferiu para a loja ao lado. Apenas quatro pessoas ficaram à frente de Shamiso, incluindo o velho que gritava. Ela se aproximou da frente. Em pouco tempo, chegou. Ela observou o velho na frente dela puxar um maço de dinheiro, lambendo os lábios como se fosse devorar o pão imediatamente.

---

[15] Mai: traduzido literalmente, significa "mãe". Também pode ser usado como um título (Sra.).

– Vou levar isso comigo e minha mulher vai ver quem é o homem da casa! – ele sorriu, entregando o dinheiro para o caixa, que em troca lhe deu um pacote de batatas chips.
– Cadê o pão? – ele protestou.
– Sai da frente, velho! – gritou o caixa, enquanto o afastava.
O velho saiu a contragosto, murmurando. Shamiso assistiu a essa conversa, perplexa. Ela olhou para a fila ao lado e os viu saindo da loja com pães.
– Eu queria pão, por favor – disse.
O caixa olhou para ela preguiçosamente.
– Eu quero tirar férias nas Bahamas. Essa fila é pra batatas chips! Se não quiser, a gente devolve o dinheiro.
Shamiso engoliu em seco. Ela pegou um pacote de batatas chips. Estava na fila há mais de uma hora, então é claro que levaria. Ela só teria ficado mais feliz se eles também tivessem pão!

37

A mãe de Tanyaradzwa passou uma semana viajando. Desta vez, ela tinha sido a única a deixar o país a trabalho – e a comprar alguns mantimentos enquanto isso.

Tanyaradzwa estava sentada na varanda, absorvendo o ar e esperando pelo retorno da mãe. O jardineiro regava o gramado. O cheiro de grama quente subiu enquanto a água jorrava da mangueira no gramado seco. Parecia que ele estava apagando fogo. Mas era essa a situação. A escassez de água estava aumentando. Pelo menos eles tinham um poço artesiano, diferente da maioria das pessoas.

Tanyaradzwa verificou a hora no celular. A mãe chegaria em casa a qualquer momento. Ela olhou o aparelho de novo, desapontada por Shamiso ainda não ter respondido a nenhuma de suas mensagens.

Talvez a amizade delas tivesse sido apenas temporária; era possível! Talvez ela tivesse confundido as conversas delas com algo mais. Talvez Shamiso, como todo mundo, a enxergasse apenas como uma bomba-relógio.

O Range Rover do pai chegou no portão e buzinou. Eles estavam de volta. O jardineiro largou a mangueira e correu para abrir o portão. O carro entrou e parou em frente à casa. Tanyaradzwa se levantou e foi devagar até o pilar na entrada da varanda.

– Tanyaradzwa – a mãe chamou, braços abertos, indo na sua direção. Ela engoliu a filha em um abraço. Ao mesmo tempo, o empregado dirigia-se ao carro. Ela espiou o porta-malas e sorriu. Ele estava cheio de pães.

Tanyaradzwa olhou para a mãe, sorrindo.

– Eu me sinto forte, Mamãe – disse.
A mãe olhou para ela e assentiu levemente.
– É sério – Tanyaradzwa insistiu, a voz começando a tremer.
A mãe agarrou sua cintura e deu-lhe um beijo na testa.

38

Shamiso entrou pelo portão. A longa espera pelo pão a deixara cansada. Apesar do fracasso com as batatas chips mais cedo, a sorte tinha tido piedade dela e enviado pão à sua maneira. Quem poderia adivinhar que pão se tornaria tão inestimável? Não estava nem perto de ser uma de suas comidas favoritas, mas, de alguma forma, agora parecia absolutamente vital. Porém, estavam passando por um racionamento de pães. O dono da loja, achando que era uma versão paga da Madre Teresa, insistira que cada cliente só levasse um pedaço, para que todos pudessem ficar com um pouco.

O estresse do dia continuava se acumulando. Ela ouviu vozes dentro de casa. Pensar em um visitante na casinha a incomodava. Ela acelerou o passo, ansiosa para descobrir quem era. Inclinou-se pela porta e escutou.

– Ela é só uma criança – ouviu a mãe dizer. – Esse tipo de assunto não diz respeito a crianças. Não é como fazemos as coisas.

– Deveríamos fazer as coisas assim! Você acha que, quando todos ficarem sabendo, alguém vai ligar se existem crianças por aí? É melhor se contarmos pra ela agora, de um jeito que ela entenda.

– Isso não vai acontecer porque ninguém vai ficar sabendo. Você sabe o que aconteceria. Eu não vou dizer nada e você também não vai.

Shamiso franziu a testa, a mente em um redemoinho. Ela imediatamente abriu a porta da casinha e entrou.

Havia papéis espalhados por todos os lados! A mãe estava sentada no meio da confusão. Jeremiah estava sentado de costas para Shamiso. Seus olhos perceberam um envelope amarelo no chão ao lado dele.

Ela entrou na casinha lentamente.
– Onde você pegou isso?
Jeremiah se virou e começou a falar.
– Jeremiah! – a mãe advertiu, séria. O homem ficou em silêncio. Shamiso se encolheu.
– Mãe, o que tá acontecendo? – ela disse, a voz apertada na garganta.
Jeremiah olhou para a mãe, que permaneceu em silêncio por um tempo.
– Por que você não vai fazer um chá e pão? – sugeriu a mãe.
Shamiso franziu a testa. Ela não podia acreditar. Era só com pão que a mãe se importava? Quando era mais do que óbvio que ela estava escondendo alguma coisa. O caroço na garganta de Shamiso se apertou. A mão que segurava o pão tremia suavemente. Ela tentou se conter.
– Shamiso, você me ouviu? – a mãe perguntou baixinho.
Shamiso piscou, pão em uma mão e batatas chips na outra. Ela jogou o pão na direção de Jeremiah, que se assustou, saiu da casinha e bateu a porta atrás dela, com as batatas chips ainda firmes na mão. Depois de todo esse esforço, comeria todas!

39

Shamiso saiu da kombi quando ela estacionou no terminal de ônibus da Fourth Street. O motorista entregou-lhe os "muitos" dólares que compunham seu troco e ela os enfiou no bolso. A estrada estava quase caótica, com os motoristas de kombis deixando claro que eles eram os donos das ruas. Ela ficou completamente imóvel, olhando para o horizonte distante, com as torres do shopping Eastgate em frente a ela.

O pai falara de seus muitos encontros lá, as tentativas de encantar moças antes de conhecer a esposa. Era chamada de Cidade do Sol; Harare – a cidade que nunca dormia. O pai lhe dissera que, em Harare, sonhos voavam no ar, que brilhava com infinitas possibilidades. Ela se lembrava dele falando de como a cidade de Salisbury tinha sido renomeada após a independência e como ele ficara orgulhoso quando o jornal lhe dera a oportunidade de escrever sobre o fim da guerra.

– Era um trabalho grande pra um jovem imprudente como eu. Mas era a Cidade do Sol. Tudo era possível! E claro que eu nunca diria não. Eu tinha que escrever porque *taivapo*: nós estávamos lá! – a voz dele reluzia de animação.

Ela ficou parada na ponta do terminal, perguntando-se se o sol que o pai sentira voltaria algum dia. Ela observou uma mulher que estava debaixo de um guarda-chuva, com tomates dispostos ordenadamente em sua frente, abanar-se energicamente. A mulher se apoiava em um poste com a placa "Vendedores ambulantes não são permitidos".

Shamiso secou a testa. O sol ainda ardia, mas ela sentia que sua melanina se ajustara e a pele endurecera junto com a de todos.

Ela sentiu um quentinho estranho. Talvez as histórias que o pai lhe contara estivessem começando a derreter seu coração.

Shamiso se movia rapidamente, tomando cuidado para não ser derrubada. As filas com passageiros esperando para entrar em kombis eram ridículas. Ainda não era hora do rush. Provavelmente, estava tendo racionamento de gasolina de novo. Ela atravessou a estrada e ficou na ilha de pedestres, dando espaço para os carros em alta velocidade. Sua mente estava ocupada. A mãe parecia estar passando mais e mais tempo com Jeremiah. Ele chegara do nada, alegando ter trabalhado com o pai dela, conseguira conquistar um público e agora até queria comer pão com elas! A mãe não parecia sentir falta do pai; ela estava passando muito bem sem ele. Era como se todos tivessem esquecido que ele existira. Ela engoliu em seco, tentando empurrar o caroço da garganta.

Sua mente foi para Tanyaradzwa. Ela pegou o telefone e o empurrou de volta para dentro do bolso com a mesma rapidez. A perda permanecia. Desejava ter alguém para conversar. Ela se perguntou se as amigas em Slough sequer lembravam dela. Como elas podiam tê-la abandonado em tempos tão difíceis? Ela coçou o pescoço. Talvez Tanyaradzwa estivesse pensando exatamente isso. Sentiu o estômago revirar.

Os carros passavam por ela e paravam em frente ao semáforo. Ela olhou para os lados. O sinal estava vermelho brilhante.

Ela ficou na beira da estrada. Muita coisa passava pela sua cabeça. A frustração com a mãe estava em seu estômago, mas ao mesmo tempo não conseguia apagar o olhar de decepção nos olhos dela quando chegara da escola. A imagem daquelas mãos que trabalhavam incansavelmente para pagar as taxas. E também havia o fracasso dela como amiga...

Ela ficou atordoada, sem saber por que tinha ido até ali ou para onde estava indo. Não conhecia ninguém na cidade. A fila de carros começou a se dispersar. Ela se virou para o semáforo.

Estava verde. Os pés entraram na estrada cegamente, indo para o estacionamento. Sons estridentes a trouxeram de volta para a realidade. Ela percebeu sua mão direita no capô de um jipe preto. O motorista saiu do carro.

– Qual é o seu problema, cara!

Shamiso olhou para as mãos trêmulas. Ela não tinha certeza do que acabara de acontecer. Uma multidão de pessoas da calçada começou a se formar ao redor dela. Shamiso verificou se estava ferida, mas não viu sangue. Olhou para o motorista.

– Você? – exclamou.

– Você! – Tinotenda respondeu, recuando espantado.

40

O pai de Tanyaradzwa estava sentado no sofá em frente, os dedos batendo no notebook como se a vida dependesse disso. A mãe estava no quarto, esfoliando-se novamente. Isso tinha se tornado um hábito. Parecia ajudá-la a lidar com a situação. O gerador zumbia ao fundo, aliviando-os dos truques dignos de Houdini da ZESA. Tanyaradzwa estava dormindo no sofá, ignorando o calor e cobrindo-se com uma colcha. O pão e o queijo que sua mãe trouxera estavam na mesa de centro, intocados. Seus olhos piscavam preguiçosamente para a televisão. Os ouvidos captavam o som, mas ela estava começando a se entregar ao sono.

Uma música inesperada saiu da televisão.

– *Mai* Tanyaradzwa! *Mai* Tanyaradzwa! Está começando! – o pai avisou.

Os olhos de Tanyaradzwa se abriram. Ela tentou se sentar. Baba acharia desrespeitoso se ela não o fizesse.

Um desfile de soldados uniformizados marchava musicalmente na tela em suas boinas verdes, olhando de lado e segurando os rifles angulados, com os dois braços. A mãe desceu correndo as escadas e se apoiou no sofá. Tanyaradzwa virou-se a tempo de ver a emoção em seu rosto.

Os dois partidos políticos estavam em desacordo há anos. Era um milagre que estivessem na mesma sala, unindo-se para formar um governo inclusivo. Pessoas tinham morrido por isso. Seu professor, o sr. Mpofu, ficara gravemente ferido. Os olhos de Tanyaradzwa se voltaram para o pai. Ele estava sentado na beira da cadeira, esfregando a perna, nervoso, assistindo à televisão com atenção.

Todos ficaram em silêncio enquanto assistiam o Presidente e o Primeiro-Ministro recém-empossado, um membro do partido de oposição, apertando as mãos e concordando em trabalhar juntos. A última vez que o país tivera os dois cargos preenchidos fora em 1980, logo após a independência.

– Isso pode ser promissor – a mãe disse, dançando discretamente. Era a primeira vez em meses que ela tinha um brilho nos olhos. Era sutil, mas Tanyaradzwa percebeu. A esperança estava lá, mas, como um fogo que estivesse morrendo, precisava ser soprada gentilmente.

41

A multidão tinha crescido. Shamiso sentiu-se exposta.
— Alguém chama a polícia — uma pessoa sugeriu.
Tanto Shamiso quanto Tinotenda entraram em pânico.
— Entra no carro — ele sussurrou para ela.
— Eu tô bem — ela protestou.
— Entra no carro! — ele insistiu.
Ela correu para a porta do passageiro e entrou. Ele partiu, dispersando a multidão no processo. Os dois assistiram pelo retrovisor as pessoas balançando os braços. Shamiso sentiu o coração acelerado.
— O que você tá fazendo aqui, afinal? Você não deveria estar na escola ou algo assim?
Tinotenda virou-se para ela, sobrancelhas levantadas.
— Você não deveria estar na escola? Ah, é, eu esqueci, você tá proibida de entrar lá!
Shamiso olhou pela janela.
Os olhos de Tinotenda voltaram para a estrada. Ele olhou de volta para Shamiso, desconfortável com o silêncio.
— Tá bom, "mãe"! É intervalo na escola. Credo, garota, relaxa um pouco, vai?
Shamiso continuou olhando pela janela, observando os carros passando rapidamente enquanto Tinotenda seguia em frente.
— Até onde vocês chegaram em Matemática? O Sr. Mpofu ainda está aparecendo nas aulas? — Shamiso perguntou depois de um tempo.
Tinotenda olhou para ela.
— Hummm... nos disseram que o sr. Mpofu está desaparecido desde aquele comício que teve perto da escola. Todo mundo

acha que ele se meteu em problemas por causa de política – ele respondeu com a voz baixa.

Shamiso baixou a janela e inspirou profundamente. Ela sabia o que "desaparecido" significava.

Olhou para o menino com desconfiança, depois voltou a olhar pela janela. O celular vibrou. Tinotenda deu uma olhada e ela cobriu o telefone para que ele não pudesse ver a tela. A mãe de Tanyaradzwa tinha ligado a manhã toda. Ela não conseguia atender o telefone. Caso...

Shamiso olhou para a tela, envergonhada e, ao mesmo tempo, acorrentada pelo medo.

– Aonde você tá me levando? – perguntou, virando-se para ele.

– Sério mesmo, você sabe que eu podia ter te atropelado lá atrás, né?

– Tinotenda... – Shamiso respirou fundo, amarrando os nós de raiva que estavam começando a se acumular em sua voz. – Eu perguntei, aonde você está me levando?

– Relaxa, tá? A gente vai beber alguma coisa.

Shamiso cheirou o ar.

– Você tava bebendo? – sua voz tremeu. – Você podia ter me matado.

Tinotenda manteve os olhos na estrada.

– Pare o carro! – ela insistiu. Ele não reagiu. Ela empurrou o ombro do menino, forçando as mãos dele a se mexerem e o carro a virar bruscamente.

– Cara! O que tem de errado com você? Tá tentando nos matar? – Tinotenda saiu com o carro da pista rápida, preparando-se para virar. – É só uma bebida, fala sério. Não é nada de mais! Não finge que você não bebe! – ele virou o carro e entrou no estacionamento.

– Eu sou menor de idade.

– E mesmo assim você fuma – ele disse, sorrindo presunçosamente, e finalmente parou. Ela manteve os olhos fixos nele. Ele tirou o cinto de segurança e saiu do carro. – Olha, eu sei que deve ser difícil porque a Tanya tá doente... – Shamiso olhou para ele por um tempo, o rosto contorcido. – Tipo, eu nem te conheço, mas aposto que as coisas não estão fáceis no momento... – ele parou quando Shamiso desviou o olhar. – Olha, só tô dizendo que uma cerveja vai ajudar você a relaxar. Vem logo!

Shamiso considerou por um momento.

– Eles não vão deixar a gente beber. A gente precisa ter um documento.

Tinotenda tirou alguma coisa do bolso.

– Tenho certeza que o *bartender* vai entender que eu mudei meu nome pra Andrew Jackson – ele disse, balançando uma nota de vinte dólares americanos. Agora o mercado clandestino estava cheio disso. O dólar americano era muito mais confiável e não tinha uma reserva infinita de zeros imprevisíveis. Shamiso mordeu o lábio. Ela não tinha para onde ir. Teria preferido um cigarro, mas a essa altura, teria que se contentar com qualquer distração.

– Se eu decidir beber, vai ser só uma cerveja.

– Mas é claro – ele deu uma piscadinha.

42

Tanyaradzwa olhou novamente para o ventilador de teto que girava como uma hélice. Ela podia sentir as batidas suaves de seu coração. Pequenos traços de medo atravessavam a escuridão. Tudo era imprevisível agora.

Ela verificou o celular novamente. Shamiso não havia entrado em contato.

A porta rangeu ligeiramente. A mãe colocou a cabeça para dentro do quarto.

– Você está bem?
– Sim, Mamãe.
– Você não quer mesmo desistir da cirurgia? – a mãe não escondia a esperança desesperada de que a filha reconsiderasse.

Tanyaradzwa manteve a voz despreocupada.

– Eu vou ficar bem – ela queria que os pais escondessem seus medos.

A mãe ficou ali por mais algum tempo.

– Você vai pedir pra sua amiga vir te ver?

Silêncio.

– Talvez ela também esteja com medo?
– Isso não é desculpa! – Tanyaradzwa disse em um sussurro quebrado. A mãe entrou e fechou a porta. A luz do luar penetrava pelos espaços entre as folhas da árvore do lado de fora.

– Não tem problema ficar triste por sentir que as pessoas se esqueceram de você, ou que parece que elas escolheram viver sem você – disse a mãe, acariciando o braço da filha.

Tanyaradzwa manteve a cabeça baixa, as lágrimas escorrendo pelas bochechas.

– Tudo bem ficar chateada. Mas, querida, se você aceitasse que pessoas são pessoas, feitas de uma vida inteira de erros e medos, talvez você conseguisse entender o lado delas.

A mãe de Tanyaradzwa pausou, sob a luz roubada da janela; em seguida, lentamente, puxou a filha, que chorava, para um abraço.

43

O céu brilhava claro e límpido novamente, abrigando tufos de nuvens. Shamiso sentia a cabeça martelar, pulsando em suas têmporas e ameaçando romper a testa. A "uma cerveja" que ela pretendera beber no dia anterior se transformara em várias. Tudo sobre a noite passada era um borrão. Ela mal se lembrava de como voltara para casa. Mas o que quer que tivesse acontecido, não tinha deixado a mãe feliz.

Ela não dissera quase nada, mas seu silêncio gritava. Na verdade, ela tinha acordado cedo, ligado o rádio e colocado um CD da voz atemporal de Oliver Mtukudzi, repetindo sem parar, num volume furioso.

A monotonia da canção zombava da cara dela, ferindo seus ouvidos, como se alguém estivesse esfregando isopor contra a parede. Nada fazia a dor passar, nem mesmo segurar a própria cabeça. Ela ergueu-a novamente e olhou para o rádio, os olhos se contraindo.

Oliver Mtukudzi continuava cantando. *"Help me Lord I'm feeling low!"*

Shamiso massageou as têmporas e olhou para os pés antes de ir até a janela. Jeremiah estava ali, conversando com a mãe em voz baixa. Shamiso observou-o fazer gestos com as mãos, a cabeça indo para frente e para trás, como uma presa cautelosa. Ela se perguntou o que ele achava que estava comunicando com esses gestos.

Ela viu a mãe levantar as mãos e esfregar os olhos. Shamiso observou-a balançar-se suavemente, ali, parada. Jeremiah permaneceu em silêncio por um momento, depois pôs a mão no ombro dela. Shamiso desviou o olhar. Jeremiah parecia estar muito próximo da mãe. O pai não teria gostado nada disso!

Antes que ela percebesse, sua mão estava puxando a porta.

— Claro que eu entendo que esse assunto é sensível, mas eu não posso esconder essa história. Eu já me organizei pra encontrar com um jornalista que vai publicar a história. As pessoas têm que saber. Assim como a Shamiso deve... — ela ouviu Jeremiah sussurrando. Ambos ficaram quietos quando ela se aproximou. Jeremiah parecia desconfortável.

— Eu preciso de dinheiro — Shamiso disse para a mãe, os olhos fixos em Jeremiah.

A mãe contorceu o rosto.

— Pra ver um filme ou comer um hambúrguer, qualquer coisa! — Shamiso insistiu. — Já que você está claramente ocupada, acho que tenho que sair de casa...

— Shamiso — Jeremiah interrompeu. — Acho que você tem que saber que quando seu pai veio pra cá, ele estava investigando uma história.

Mãe e filha poderiam tê-lo matado com o olhar. Shamiso virou-se para a mãe, cujo rosto gritava para que Jeremiah parasse o que quer que estivesse fazendo. Jeremiah manteve o olhar fixo no chão e continuou.

— A sua mãe vai contar os detalhes, mas seu pai descobriu que um dos ministros estava dando fazendas de presente pros amigos, e leiloando outras a empresários que tinham como oferecer muito mais do que agricultores qualificados. Eu acho que ele suspeitava que a vida dele estava em perigo e queria que essa história fosse contada pro mundo, porque ela chegou até mim em um envelope endereçado na letra dele.

Shamiso sentiu o coração dar um pulo, enquanto a mãe ficou parada tentando impedir que o dela explodisse no peito.

— Jeremiah, por favor, vai embora! — a mãe insistiu.

Shamiso olhou para Jeremiah, as feridas se abrindo e a notícia sobre o pai agarrando-a com toda força. O envelope! Estivera em

sua bolsa e ela não lera. A história do pai estava em sua bolsa e ela não tinha olhado uma única página!
– A história vai sair nos jornais amanhã. Estou me certificando disso. Mas não queria que você descobrisse lendo um jornal.
– Jeremiah! – as veias da mãe já estavam saltando da pele.
Jeremiah assentiu lentamente e saiu em direção ao portão.
Shamiso observou a mãe a balançar o corpo e esperou que ela dissesse alguma coisa. Como ela podia ter escondido isso tudo? Ela sentiu o caroço dançar desconfortavelmente na garganta.
– Eu peguei um trabalho em Chishawasha Hills hoje – a mãe disse calmamente.
– Isso que o Jeremiah disse é verdade? – Shamiso estava sufocada pela fúria.
As bolsas sob os olhos da mãe escureceram.
– Você vem comigo. Eu preciso de ajuda.
Shamiso ficou ali parada, sem conseguir respirar e acorrentada pela raiva. Ela não conseguia entender por que a mãe continuava como se a conversa não tivesse acontecido.
– Você quer dinheiro pra ver um filme? – a mãe riu. – Você acha que eu trabalho feito uma escrava pra você poder assistir filmes?
Shamiso não disse nada.

44

Nuvens cinzentas se juntaram sobre as duas enquanto elas subiam a ladeira da Pine Street. Shamiso tentou não pensar em como o céu cinza a fazia lembrar da Inglaterra. As pernas começaram a protestar. Era uma longa caminhada desde Rhodesville. Ela não queria trabalhar. Perguntou-se se isso poderia ser qualificado como trabalho infantil. A mãe andava um pouco à frente, levando uma bolsinha debaixo do braço. Ela parecia estar gostando do vento que refrescava seu rosto.

A atmosfera já havia mudado. Em algum lugar ao longo do caminho, os quintais tinham crescido. Os gramados tinham se tornado mais verdes, com irrigadores automáticos fazendo chover água sobre eles. As árvores orgulhosas dançavam na brisa e sopravam ar frio em Shamiso. Ela esfregou os braços arrepiados.

Um Hummer preto passou por elas. Shamiso assistiu-o virar em uma garagem a uma curta distância. Quando o portão se abriu, dois labradores começaram a latir. Shamiso congelou. Ela não conseguia sequer piscar, mas manteve-se firme, rezando para que eles não chegassem mais perto.

A mãe seguiu em frente. Os labradores correram na direção dela.

As pernas de Shamiso recuaram. Ela prendeu a respiração. Tinha ouvido falar que eles conseguiam detectar o medo. Mas o medo estava escorrendo dela e manchando o ar que respirava. Se eles conseguissem sentir o medo, ela tinha certeza de que estava prestes a morrer. Observou as feras vindo em sua direção com os dentes à mostra. Ela acelerou o passo, encarando-os enquanto andava para trás. Já tinha ouvido falar que eles não gostavam quando do as pessoas corriam. Quem inventava essas coisas?

– Shumba! Volta aqui, garoto! – um homem branco chamou, finalmente saindo do Hummer. Os cães magicamente se transformaram em filhotes e correram de volta para o dono, as caudas abanando no ar. Shamiso respirou. A mãe olhou para trás e riu. Shamiso coçou o pescoço. A mãe não sorria muito, muito menos ria, desde a terrível perda. Era uma pena que Shamiso não conseguisse aproveitar a piada.

Shamiso seguiu em frente, pronta para fugir a qualquer momento. Seus olhos ficaram colados no portão quando ele se fechou. Ela continuou subindo a ladeira. As casas foram ficando mais chiques, os quintais ainda maiores. Por um momento, perguntou-se se a seca atingira essa parte da cidade.

– Chegamos – a mãe disse enfim, confirmando o endereço em seu telefone. Shamiso se remexeu, desconfortável. As pernas estavam cansadas. Ela odiava a razão para estarem ali.

A mãe apertou o interfone.

– Sim? – uma voz séria irrompeu da máquina.

– Ahn... nós... – ela pausou e olhou para Shamiso. – Eu estou aqui para lavar a roupa?

Os olhos de Shamiso se voltaram para a mãe. De alguma forma, embora ela já soubesse os tipos de trabalho que a mãe fazia, incomodava-a ouvi-la dizendo isso em voz alta. A frase tornou tudo real.

A mãe esperou, inclinando-se na direção do interfone. Shamiso olhou para as próprias mãos. Ela se perguntou quantas vezes a mãe tinha lavado roupas sujas para colocar comida na mesa.

Sua antiga vida tinha realmente desaparecido. As coisas eram diferentes agora. De repente, qualquer reclamação sobre as mudanças na comida oferecida pela escola parecia insignificante.

O outro lado do interfone permaneceu em silêncio. Parecia que a voz tinha desaparecido, mas nesse momento o portão se abriu. Mãe e filha entraram.

Diante delas havia uma mansão branca cercada por um jardim de flores coloridas. Ela observou dois jardineiros em lados opostos de uma cerca, moldando-a ao tamanho certo. Os jardineiros não prestaram atenção nelas. Shamiso e a mãe seguiram o caminho até a porta. A mãe bateu. Elas ouviram vozes dentro da casa. Shamiso levantou os olhos, nervosa. As nuvens tinham desaparecido. O céu estava despido novamente.

A porta se abriu e Shamiso recuou em horror.

45

A médica examinou o peito de Tanyaradzwa, procurando os batimentos cardíacos. Tanyaradzwa sorria fracamente.

– Tudo parece bem. Alguém vai vir em poucos minutos e te levar pra sala de cirurgia. Eu vou estar esperando você lá. Você tem alguma pergunta? – a médica limpou os óculos enquanto falava.

Tanyaradzwa sorriu novamente e encolheu os ombros.

– Certo, até daqui a pouco – a médica se preparou para sair.

– Tá tudo bem, né? – Tanyaradzwa perguntou em um sussurro fraco.

A médica hesitou.

– Eu vou dar o meu melhor. Você tem minha palavra. Mas se você mudou de ideia, há outros...

Tanyaradzwa sacudiu a cabeça. A médica assentiu e saiu do quarto. Enquanto se dirigia à sala de cirurgia, passou pela mesa da enfermaria. A enfermeira de plantão vestia um avental cirúrgico e digitava alguma coisa no computador.

– Tudo em ordem? – perguntou.

– Sim, doutora. Você tem a minha palavra, nada vai dar errado – a enfermeira prometeu.

46

Shamiso não podia acreditar. Desejou ter um buraco para se esconder. Ela recuou, com o queixo erguido e os braços cruzados. Paida ficou ao lado da porta, igualmente estupefata.

– O que você tá fazendo aqui? – ela perguntou, o medo deixando a pele marrom quase pálida.

Os olhos da mãe de Shamiso corriam entre as duas.

– Acredito que você tenha roupas para lavar?

Shamiso se virou para a mãe, surpresa. A voz dela estava fria. Shamiso quase conseguia ver o interior da casa. O tamanho era surpreendente, decorado de forma elaborada, com mobílias caras.

– Vocês não deviam estar aqui, Shamiso, vocês têm que ir – Paida disse enquanto olhava para dentro de casa.

A humilhação se apoderou de Shamiso e ela começou a se afastar.

– Eu não entendo. Fui chamada para vir aqui lavar roupa – disse a mãe de Shamiso, com a voz baixa.

– Não há tempo pra isso. Vocês têm que ir – Paida agarrou o braço de Shamiso. – Agora!

Shamiso afastou a mão da colega e olhou para a mãe, confusa. Ela não estava entendendo nada.

Uma voz profunda e furiosa chegou até elas de dentro da casa. Shamiso e a mãe ouviram uma conversa fria. Paida virou-se, nervosa.

– Suma com isso! – um homem apareceu, segurando um copo de conhaque. Dois outros homens vinham atrás dele.

Shamiso colocou a cabeça para frente para conseguir ver melhor. Seus olhos se estreitaram.

– Aquele não é o ministro? – perguntou à mãe. O rosto da mãe se contorceu. – Espera, o ministro é seu pai? – Shamiso virou-se para Paida, totalmente chocada.

A mãe permaneceu quieta. Ela ficou lá com os braços cruzados, narinas infladas e olhos que se recusavam a piscar.

– Mãe – Shamiso sussurrou. A mãe respirava pesadamente. Paida tremia de medo, sem saber o que fazer.

– Assassino – a mãe de Shamiso quebrou o silêncio, invadindo a casa e indo em direção aos três homens. Shamiso viu a mãe atacar. Paida apertou as mãos contra a boca. Os outros homens empurraram a mãe de Shamiso para longe do ministro.

– Você matou meu marido! – ela gritava, contorcendo-se.

Shamiso nunca tinha visto a mãe assim.

– Paida! Quem são essas pessoas? – gritou o ministro, limpando o corte na bochecha enquanto os homens puxavam a mãe para fora.

– Elas iam...

– Tirem elas daqui! Agora!

– Você matou meu marido! – a mãe de Shamiso repetia, mas as palavras estavam ficando presas na garganta.

Paida virou-se para Shamiso.

– Você devia ir mesmo.

A mãe de Shamiso tentava recuperar o fôlego enquanto enxugava as lágrimas dos olhos. Ela sentia o coração tremer. Olhou para a filha assustada. A sua intenção era que a filha entendesse a realidade, visse como a vida delas tinha mudado. Talvez então ela apreciasse a oportunidade de estar na escola. Talvez ela se ajustasse e o empenho dentro dela crescesse. Mas só conseguiu desmoronar na frente da filha e assustá-la até a morte.

Esfregou os olhos mais uma vez e, numa voz calma, virou-se para Shamiso e disse:

– Vamos.

47

Paida fechou a porta.
– Você acha que isso tem a ver com aquele envelope? – ela perguntou ao pai em voz baixa.
– Que envelope? – ele disse, ainda limpando a bochecha, olhando-se no espelho do corredor.
– Aquele que eu deixei no seu escritório.
Ele se virou e olhou para ela, os olhos brilhando.
– O que eu já falei sobre o meu escritório, Paida? Eu já disse, é proibido entrar no meu escritório.
– Mas o envelope dizia alguma coisa sobre você aceitar propinas pelas fazendas durante a redistribuição. Eu pensei que estava ajudando! – ela disse, a voz subindo.
O pai congelou. Ela observou-o nervosa, sem saber se seu silêncio era de desaprovação.
– O que você disse? – ele perguntou, os olhos arregalados.
– Encontrei um envelope que aquela garota deixou cair na escola e ele dizia que você tava aceitando propinas e dando fazendas roubadas pros seus amigos.
– E você deixou isso no meu escritório? – ele disse, indo até o escritório e revirando os papéis na mesa, recriando a bagunça que estivera lá antes. – Onde, Paida? Onde? – ele perguntou com raiva. – Provavelmente foi enviado com o correio! Você sabe o que isso pode fazer com a gente se cair nas mãos erradas? – esbravejou, pegando o telefone.
Paida começou a explicar de novo, mas o pai saiu correndo em direção ao carro. Ela foi atrás apressadamente e viu quando ele saiu em disparada. Ela ficou nervosa, imaginando o que aconteceria se o Sr. Hyde vencesse o Dr. Jekyll.

48

A médica estava na sala, as mãos no ar, luvas coloridas de sangue. Tanyaradzwa estava com um tubo na boca e uma máscara de oxigênio sobre o rosto. Sua garganta tinha sido cortada e as saliências de sua traqueia estavam expostas.

– Bisturi – disse a médica calmamente.

A enfermeira da direita colocou o objeto de metal afiado em sua mão firme. Quando a mão se moveu para a garganta da menina, as luzes da sala de cirurgia piscaram. Ela parou e olhou para a equipe de enfermagem ao seu redor.

– Temos um gerador preparado?

– Tenho certeza que sim, mas vou verificar novamente – uma das enfermeiras disse, correndo para fora do quarto.

As luzes normalizaram. A médica respirou aliviada. As luzes piscaram novamente. E aí aconteceu: ZESA!

49

Jeremiah estava sentado em seu carro, ansioso, esperando em um estacionamento, segurando o envelope amarelo em sua mão. Um carro parou ao lado dele e o motorista olhou na sua direção. Jeremiah desviou o olhar nervosamente e trancou as portas do carro deliberadamente.

O carro partiu. Jeremiah olhou ao redor e virou o pulso para ver a hora novamente. Alguém bateu na janela do carro, fazendo-o pular.

– Você foi seguido? – Jeremiah perguntou, abrindo a porta.

– Não – o outro homem respondeu, confuso com a pergunta.

– Está tudo aí – ele disse, movendo-se para entregar o envelope.

O homem estendeu a mão para pegá-lo, mas Jeremiah hesitou por mais um momento.

O homem retirou os papéis do envelope e deu uma olhada neles.

– Muloy pegou um peixe grande aqui.

Jeremiah assentiu. Sentia-se satisfeito com o papel que desempenhara para fazer justiça, como se um peso tivesse sido retirado de seu peito. A vida de seu amigo não fora roubada por nada!

– Certifique-se de que vai ser publicado – pediu, antes de partir para casa.

50

Depois de tudo o que acabara de acontecer, Shamiso se viu na entrada do hospital, sem saber se aquela visita era ou não uma boa ideia. Ela pensou em sua mãe e na dor escrita em seu rosto. Isso ecoava o pânico que Shamiso sentia por dentro. Quais seriam as consequências do que a mãe acabara de fazer? Mas ela também sabia, com uma repentina clareza, que precisava apoiar Tanyaradzwa. Da mesma maneira que ela desejava que suas amigas a apoiassem. O medo a acompanhava e estava ao lado dela, segurando sua mão.

Ela viu enfermeiras e médicos entrando e saindo dos quartos. O hospital não parecia ter sido atingido pela greve. Ela coçou o pescoço e engoliu em seco. Fazia tempo que não fumava. Como a mãe quase não lhe dava dinheiro, tornou-se praticamente impossível comprar cigarros.

Ela perguntou-se se Tanyaradzwa falaria com ela. Afinal, havia tantas ligações perdidas e mensagens sem resposta. Seus pés a impulsionaram para frente. Uma enfermeira estava sentada, atendendo ligações.

– Sim? – a enfermeira perguntou.

– Estou procurando a Tanyaradzwa Pfumojena – Shamiso gaguejou. A enfermeira equilibrou o telefone no ombro enquanto digitava no computador.

– Você é da família?

Shamiso hesitou por um momento, depois assentiu. A enfermeira parecia desinteressada, de qualquer modo. Ela estava lidando com o telefone e o monitor.

– Quarto 106 – disse distraidamente.

Shamiso andou até o quarto, preocupada que o peito pudesse explodir devido às batidas de seu coração. As paredes dos corredores eram coloridas com cheiros de remédios e de coragem. Seus olhos procuraram o quarto certo. Quanto mais ela se aproximava, mais rápido o coração batia, até ela estar perto o bastante para ver o quarto. Enfermeiras iam e vinham. Seus olhos se dirigiram para o bebedouro no corredor. De repente, ela sentiu uma sede avassaladora. Ela foi até o bebedouro e engoliu um copo de água. Sentiu o cérebro congelar. Ela olhou para o copo de plástico vazio e se viu enchendo outro copo. Tomou dois goles gigantes e se dirigiu para a porta.

Parte cinco
A semana seguinte

51

Nada neste mundo é para sempre. Shamiso sentou, com a cabeça nas mãos, lágrimas escorrendo dos olhos. Ela foi recebida em casa com a notícia chocante de que Jeremiah fora espancado até a morte e jogado em uma vala perto de onde morava. O filho de Jeremiah ligou para a mãe de Shamiso e contou que alguns homens haviam rondado a casa na noite anterior. Ele suspeitava que tinham atacado quando o pai saíra para o trabalho de manhã cedo. Ele teve que sair enquanto ainda estava escuro, porque tinha ficado sem gasolina e precisou usar o transporte público, o que não estava fácil ultimamente com a falta de gasolina. As pessoas só o encontraram mais tarde naquela manhã.

Shamiso olhou para o jornal na cadeira de plástico à sua direita. A manchete revelava o segredo que o envelope havia carregado todo esse tempo.

MULOY VOLTA DO ALÉM PARA EXPOR MINISTRO CORRUPTO

Jeremiah lutou para que algum dos jornais colocasse a notícia na primeira página. E, aparentemente, pagou um alto preço. Shamiso secou os olhos. O medo soprava em seu ouvido, lembrando-a de que todos estavam caindo como moscas. Mas como ela poderia se permitir ter medo? Depois da coragem que Jeremiah tinha demonstrado ao lutar pela verdade – e a coragem de seu pai em morrer por causa dela.

O silêncio na casa era insuportável. Ela estava abalada pelas imagens de Tanyaradzwa entubada e cercada por aparelhos.

Como ela poderia não ter medo, quando a morte era tão real? Fazia apenas dois dias, mas o medo a impedia de ligar. Talvez a perda a esquecesse se ela mantivesse distância. Afinal, como ela poderia perder algo que não tinha mais?

Ela pressionou as mãos contra a cabeça e procurou desesperadamente pela esperança a que Tanyaradzwa tinha se agarrado tão fortemente. Lágrimas escorreram de seus olhos e soluços irromperam de dentro dela. O caroço voltou para sua garganta. Ela precisava que tudo parasse!

Pegou a garrafa onde estava a vela e quebrou-a no chão, tentando descarregar a raiva. A chama se apagou. A sala acolheu a escuridão recém-chegada. Esperou os olhos se acostumarem e procurou a caixa de fósforos, gemendo de dor quando um pedaço grosso de vidro quebrado cortou a palma da mão. Sangue escorreu pela mão e caiu sobre sua canela, pingando no pé.

52

Shamiso abriu os olhos, seus sentidos inundados pelo forte cheiro de doença e remédio. Ela se levantou. A mãe estava a uma curta distância, conversando com uma enfermeira de uniforme branco e suéter azul-marinho. Tentou mover a mão, onde o vidro tinha entrado à força e sem piedade. Estremeceu de dor, percebendo que estava envolvida em bandagens ensopadas em álcool. Provavelmente, o corte tinha sido profundo.

O homem na cama ao lado tossiu. Ele tinha um tubo de oxigênio entrando pelo nariz e sua boca se movia como se estivesse mastigando alguma coisa. As cortinas fizeram barulho quando a enfermeira as fechou ao redor da cama da velha em frente.

Um grito estridente saiu de trás da cortina. A cama de Shamiso balançou. Outra enfermeira, que estava empurrando um carrinho cheio de agulhas, tinha esbarrado nela acidentalmente.

A mãe e a enfermeira de suéter azul estavam caminhando em sua direção. Uma gratidão suave se apoderou dela. A mãe sempre estivera ao seu lado, em todos os momentos.

Shamiso viu que a avó também estava se dirigindo até a cama. Ela tinha esmagado a bolsinha preta, e a segurava debaixo da axila; seu *duk*[16] estava amarrado frouxamente, como sempre. Shamiso se perguntou quando ela tinha chegado. A enfermeira agarrou o canto da cortina e fechou-a ao redor da cama. Shamiso não conseguia respirar.

– Mãe, vamos pra casa – ela implorou.

---

[16] duk: também chamado *dhuku*, é um lenço de enrolar na cabeça, usado especialmente por mulheres mais velhas de áreas rurais.

– Ainda não, *mwanangu*. A enfermeira vai te dar algo pra dor, e depois de fazerem os pontos, eles vão monitorar você durante a noite – a mãe parecia exausta. A avó estava ao lado dela, os lábios virados para baixo, segurando a alça da bolsa com as duas mãos, a cabeça tremendo. Shamiso observou a enfermeira com o carrinho esticar a luva de látex e retirar uma agulha gigantesca de um envelope plástico selado em sua bandeja. A enfermeira se aproximou, apertou seu pulso e segurou-o com força.

Suor escorria das costas de Shamiso. A enfermeira bateu na ponta da seringa. Ela sentiu gotas de remédio pousaram na pele. As sobrancelhas de Shamiso se juntaram. Ela mordeu o lábio e seguiu a agulha que vinha na sua direção. E como diz o ditado, quando a vida te dá limões, você grita com todas as forças!

53

Shamiso estava sentada nos fundos do quintal, apoiada nas paredes da velha casinha. Sua palma coçava e doía desde o dia anterior. O queixo descansava nos joelhos. Quando ela era uma criança, o pai costumava carregá-la em seus ombros. Ela lembrava de sentir-se invencível. Mas quando ele a devolvia para o chão, era a mãe que estava ali para pegá-la.

Ela encolheu os dedos dos pés, afastando-os dos raios do sol. Verificou o celular. A mãe de Tanyaradzwa tinha parado de ligar desde que Shamiso fora ao hospital. Ela se perguntou se a amiga estava bem, mas não podia nem imaginar voltar lá.

Seu sangue estremeceu, tentando convencê-la de que tempo suficiente já havia sido desperdiçado. Um cheiro oleoso de *fat cakes* veio da casa e provocou suas narinas. A avó estava ficando com elas desde o "incidente".

Ela ouviu passos e a avó apareceu.

— Venha comer — disse, e desapareceu quase tão rapidamente quanto aparecera.

Shamiso levantou-se e entrou em casa. A avó estava sentada no chão, pronta para comer. Havia vários bolinhos no prato à sua frente.

— Acorde sua mãe — ela disse, arrumando o *duk* novamente e murmurando algo para si mesma.

Shamiso foi até o outro quarto. Abriu a porta devagar e ficou ali. A mãe estava sentada na cama, olhando para o nada, balançando-se suavemente. Shamiso se aproximou e sentou ao lado dela, permitindo que a mãe sentisse sua presença. De alguma forma, tudo tinha sido demais para ela. Ver o ministro, a notícia da morte de Jeremiah, ler aquele jornal; a mãe provavelmente sentira como se estivesse perdendo o marido novamente.

Shamiso se perguntou se as duas também perderiam uma a outra. Pousou seus olhos penetrantes sobre a mãe. As lágrimas a atacaram. Ela colocou a mão no ombro da mãe.

– Mãe, a *ambuya*[17] disse que o chá está pronto – sussurrou. A mãe olhou para ela sem expressão, depois virou a cabeça e continuou se balançando.

---

[17] ambuya: avó.

54

Shamiso voltou para o hospital. Fazia alguns dias desde a última vez que ela estivera ali. Ela limpou a boca seca e coçou o pescoço. Quando ela se aproximou do quarto, ouviu alguém cantando. A porta estava aberta. Ela acelerou o passo, ansiosa para ver o que estava acontecendo.

A banda de Tanyaradzwa estava em volta da cama, cantando com as cabeças baixas, como se dissessem adeus antes de mandá-la embora. Shamiso espiou para dentro. A tristeza deixava a sala cinza. A mãe de Tanyaradzwa estava sentada no canto, dobrada em si mesma, como um pacote de sofrimento. Shamiso entendia como ela estava se sentindo. Ela tinha deixado alguém muito parecida em casa.

Ela se perguntou se deveria fugir. Estava acontecendo de novo, assim como ela temia, mas não conseguia esquecer as palavras persistentes do pai, entregues a ela por Tanyaradzwa como uma mensagem em uma garrafa. Esperança.

Ela podia ouvir a banda começando a sair e olhou para ver onde ela poderia se esconder.

– Shamiso?

Ela virou. Tinotenda sorria e vinha na sua direção. Ele parecia um pouco mais sério do que o habitual. Shamiso piscou. Tinotenda pôs a mão em seu ombro.

– Nós ainda vamos tocar no festival, se você quiser vir. Uma homenagem a Tanya.

Shamiso franziu a testa.

– O que você quer dizer, uma homenagem?

Tinotenda coçou a cabeça.

– Bem, vamos ver o que acontece.

– Shamiso – ela ouviu uma voz alta e olhou para trás de Tinotenda.

– Paida.

Tinotenda foi até a saída. Shamiso cruzou os braços.

– O que você está fazendo aqui? – gaguejou.

Paida a encarou por um momento.

– Escuta, eu não estou aqui pra brigar com você.

O caroço.

A imagem da mãe atacando o ministro.

– Eu sinto muito pelo seu pai. E... e pela Tanyaradzwa.

Shamiso franziu a testa, mas não tinha nenhum sarcasmo saindo dos lábios de Paida. Nenhum chifre cresceu em sua testa também.

– Obrigada, mas a Tanyaradzwa vai ficar bem! – Shamiso disse baixinho.

Paida assentiu e foi embora. Shamiso observou enquanto ela se afastava. Por um pouco mais de tempo do que o necessário. Talvez fosse mais fácil do que entrar no quarto.

Shamiso entrou na penumbra. Tanyaradzwa estava dormindo, exatamente como ela se lembrava. Rosto inchado, tubos correndo para e de seu rosto e corpo. Os bipes das máquinas lhe faziam companhia. Shamiso olhou para o outro lado do quarto. A mãe de Tanyaradzwa estava caída em uma poltrona ao lado da cama da filha, uma mão apoiando a cabeça enquanto cochilava.

A médica entrou. Ela olhou para Shamiso e sorriu. Então caminhou até a poltrona e gentilmente cutucou a mãe de Tanyaradzwa no ombro.

Ela abriu os olhos, sobressaltada.

– Acho que eu peguei no sono.

– Tudo bem – disse a médica, esfregando seu braço. – Posso falar com você por um minuto lá fora, por favor?

A mãe de Tanyaradzwa se levantou.

– Shamiso! Eu não ouvi você entrar – disse, surpresa. Shamiso abriu a boca, mas nenhuma palavra saiu. Ela só conseguiu dar um sorriso.

A mãe de Tanyaradzwa puxou-a para um abraço e apertou-a por um minuto, antes de seguir a médica para fora. Shamiso observou o peito de Tanyaradzwa subir e descer. O que as pessoas faziam nessas situações?

– Não sei o que dizer – ela sussurrou.

Ela olhou para fora. Podia ouvir fragmentos da conversa entre a médica e os pais de Tanyaradzwa.

– ... como eu disse ontem, não podemos ficar com ela por mais de uma semana se ela ainda estiver em coma. A menos que vocês possam pagar a conta...

– Achei que você disse que a cirurgia tinha ido bem. Foi isso que você disse, não foi?

– ... complicações durante a cirurgia, eu não vou mentir pra você... No geral, tudo correu bem... Às vezes os pacientes estão simplesmente exaustos e não acordam a tempo. Nós temos mais quatro dias.

Shamiso levantou-se. Quatro dias. Seu coração pulava de um jeito selvagem e seus pés queriam correr. Quatro dias! Mas na calma dentro do barulho, as palavras do pai ecoaram, gravadas em seu cérebro. Ela encarou as opções de frente.

55

Uma das máquinas conectadas a Tanyaradzwa apitou. Shamiso observou a pequena luz branca enquanto ela andava pela tela, subindo e descendo e desenhando os padrões verdes do batimento cardíaco. Outra máquina soltava bipes calculados, como se fosse uma bomba com que alguém estava brincando. Os olhos de Shamiso se dirigiram para Tanyaradzwa, que dormia. O silêncio parecia mais apropriado.

Ela tinha que ficar. Ela sentia que era certo estar sentada naquela cadeira.

– Sabe, estar ligada a umas máquinas é um bom jeito de fugir de tomar banho todo dia.

Shamiso se surpreendeu. Tinotenda estava junto à porta, fingindo estar perdido em pensamentos profundos.

– É uma maneira inteligente de não ter que lavar a louça também. Por outro lado, ela tá perdendo a diversão de ficar na fila do pão e tal – continuou.

Um pequeno sorriso brilhou por trás dos olhos de Shamiso e, em seguida, os dois foram engolidos pelo desconforto do silêncio.

– Cedo demais? – Tinotenda deu de ombros.

Shamiso ficou em silêncio por mais alguns segundos antes de começar a chorar de rir, arrastando Tinotenda com ela.

56

Shamiso abriu a porta da casinha. A avó estava ajoelhada ao lado de uma caixa na sala, guardando os papéis do pai. O cabelo grisalho estava descoberto. Shamiso fechou a porta quando entrou.

– Boa tarde – ela tirou a bolsa do ombro.

A avó levantou a cabeça e olhou para ela.

– Como está sua amiga?

Shamiso balançou a cabeça levemente. Mas desta vez o medo soltou sua mão. Ela estaria lá. Ela seria uma amiga de verdade. Ela seria uma filha de verdade.

– Como está a Mamãe?

A avó virou-se na direção do quarto.

– Vamos lá, seja útil – ela sinalizou. Shamiso colocou a bolsa na cadeira branca junto à parede e se ajoelhou ao lado da avó. Elas ficaram uma ao lado da outra por um tempo, em silêncio, vasculhando os pertences do pai. A avó tirava cada item da caixa, entregava-lhe, e ela colocava na pilha para queimar, ou na de coisas para guardar. Todos os papéis, todas as anotações. Era hora de deixá-los ir.

Então a avó tirou a *mbira*. O coração de Shamiso parou.

– Você sabe o que é isso? – a avó perguntou.

Shamiso assentiu.

– Você sabia que eu ensinei seu pai a tocar?

Shamiso hesitou.

– Você não acredita? – a avó riu, arrastando-se para trás e sentando no chão. Ela colocou a *mbira* no colo e estalou os nós dos dedos. Shamiso observou os dedos dela enquanto eles tocavam as teclas do instrumento. Suas mãos enrugadas deram vida à *mbira*.

A pele dos dedos dela era levemente amassada e as unhas eram ásperas e quebradiças. Mas fortes, assim como as do pai.

A avó pôs a *mbira* nas mãos da neta e colocou um braço em volta dela. Shamiso sentiu o cheiro de canela preso à sua camisola, dos *fat cakes* que ela fritava todas as manhãs. As mãos da velha pousaram levemente sobre as dela e ela pressionou dois dedos nas teclas. Shamiso sorriu. As mãos da avó tinham o mesmo toque suave do pai. A velha retirou as mãos lentamente.

– Não pare. Continue – ela disse enquanto se levantava.

– Mas machuca meus dedos. E eu não toco bem – Shamiso colocou o instrumento no chão.

A avó sorriu.

– Você parece seu pai quando ele aprendeu a tocar.

– Mesmo? Eu pensei que ele amava a *mbira*.

– Ele amava – disse a avó. – Mas no início ele odiava.

– Então o que aconteceu?

– Bom, o pai dele, seu avô, disse que ele tinha uma escolha a fazer. Ele poderia desistir se fosse o instrumento que o estava deixando infeliz. Mas se fosse o aprendizado que ele estava tentando evitar, ele teria que aguentar – Shamiso observou as rugas se apertarem quando ela sorriu. Ela olhou para a *mbira* e pegou-a de novo. Começou a dedilhar.

– *Ambuya*, posso te perguntar uma coisa? – disse enquanto lutava com as teclas. A avó assentiu. – Por que é que você e meu pai não se davam bem?

A avó continuou organizando as coisas como se não tivesse escutado, e Shamiso voltou a dedilhar. Uma sombra leve tocou seus pés. Ela virou a cabeça. A mãe estava na porta. Ela descansava contra o batente e olhava para Shamiso.

– Continue tocando – disse suavemente.

Shamiso olhou para a avó. Esta lição acabou sendo mais longa do que tinha previsto. Ela sentia as pontas dos dedos queimarem, mas tudo valia a pena. A melodia gradualmente tomou forma. A mãe assistia, piscando devagar. A avó continuou dobrando e rasgando papéis.

Então, de repente, a avó parou de organizar os pertences e mostrou uma foto. Ela se virou para Shamiso e a mãe e começou a rir.

– Seu pai contou sobre quando ele usava calças boca de sino? Ele achava que ficava muito elegante – ela entregou a foto a Shamiso. Shamiso pegou e sorriu.

– Não são jeans *bootcut, ambuya*?

A avó deu de ombros.

O pai parecia feliz naquela foto, a cabeça inclinada para trás, mostrando os dentes. Ele estava na frente de um carro velho com a mãe de Shamiso ao lado. Antes da maioria das fotografias serem coloridas. Certa vez, quando Shamiso tinha nove anos, ela lhe perguntou como era viver em um mundo onde tudo era preto e branco. Ela quase conseguiu ouvir a risada dele na voz da avó.

– Ele com certeza adorava rir – disse a mãe, pegando a foto da mão de Shamiso.

– Sim, é verdade.

Shamiso observou a mãe.

– Mesmo quando ele escrevia sobre coisas sérias, ele sempre tentava fazer as pessoas rirem.

– Você sabe que eu ainda não consigo concordar com as opiniões políticas dele, mas sempre admirei o quão determinado e corajoso ele era – a avó secou os olhos. – Eu só queria que a gente não tivesse deixado nossas opiniões ficarem entre nós.

Shamiso se aproximou da mãe. Ela assistiu rosto dela se contorcer, linhas se formarem em sua testa, lágrimas caindo. Shamiso inclinou-se para frente e abraçou-a. A avó se juntou a elas por um tempo, esfregando as costas das duas. Então, ficou de pé e ligou o rádio.

... Devido às evidências encontradas contra o Ministro a respeito de alegações de corrupção no processo de redistribuição de terras, ele foi demitido do cargo pelos membros do Parlamento. Além disso, ele aguarda julgamento no Supremo Tribunal referente à morte de Patrick Muloy. Isso termina este boletim de notícias.

57

Shamiso estava sentada na mesma poltrona em que estivera nos últimos quatro dias, observando Tanyaradzwa deitada na cama. Os pais de Tanyaradzwa haviam saído por um momento. Shamiso deslizou a mão na direção da mão de Tanyaradzwa. Suas palmas estavam macias e quentes e cheias de vida.

– Eu tenho uma surpresa pra você – ela disse, recolhendo a mão e pegando a *mbira*. – Eu também não acredito. Eu costumava ser um lixo nisso. Quer dizer, eu não sou uma musicista, mas consigo tocar algumas músicas agora. Minha vó me ensinou – ela olhou para Tanyaradzwa. A máquina apitou. O corpo de Tanyaradzwa estava parado, o peito se movendo lentamente para cima e para baixo, como sempre.

Shamiso colocou a *mbira* no colo e começou a tocar. A *mbira* acordou, os cliques jazzísticos das teclas enchendo o quarto com a melodia. Lágrimas escorriam pelo seu rosto enquanto ela tocava, e ela mantinha os olhos fixos em Tanyaradzwa, esperando que a música fizesse algum efeito.

Nada...

– Se você não acordar agora, eles vão desconectar os aparelhos – disse, agarrando o braço de Tanyaradzwa. – Lutar dá medo, eu sei. Mas você tem que tentar! Não pode ser assim que a sua história termina.

Os bipes continuaram. O medo rondava Shamiso, gritando e guinchando. Mas ela não desistiria da amiga.

Ela esfregou o braço de leve e esperou.

Nada...

Finalmente, recorreu à raiva.

– Você é tão hipócrita! Você me disse que eu tinha que lutar e agora joga a toalha?

Ela sentiu um tapinha no ombro. A mãe de Tanyaradzwa estava atrás dela.

– Shamiso – ela disse, suavemente. – Podemos ter alguns momentos a sós com ela?

Shamiso assentiu. Pegou a *mbira* e saiu.

58

Shamiso sentou-se entre a mãe e a avó na pequena sala de estar. A avó estava contando histórias da sua juventude durante a guerra. Ela olhou para a mãe, que se balançava de tanto rir. Shamiso não ouvia essa risada há muito tempo. Ela sorriu e apoiou a cabeça no ombro da mãe.

O boletim de notícias da meia-noite tocava no rádio. O relógio deu doze horas. O último dia tinha oficialmente encerrado. Ela lançou um olhar para o celular.

Nada ainda. Ela se perguntou como a dor que esperava sentir a machucaria dessa vez.

O telefone tocou. A mãe e a avó pararam de falar. As duas olharam para Shamiso e esperaram que ela atendesse. Ela hesitou, não querendo ouvir as más notícias.

A mãe pegou o telefone e apertou o botão verde.

– Shamiso – ela estendeu o braço. O coração de Shamiso parou. A mãe sorriu. Lágrimas caíram dos olhos de Shamiso. Ela pegou o telefone. Ouviu a respiração do outro lado.

– Shamiso? – disse a voz suave e rouca de Tanyaradzwa. Não havia dúvida.

Shamiso explodiu em um choro contente. A mãe assentiu enquanto observava. O caroço se dissolveu.

59

Tinotenda estava sentado na mesa do professor em frente à turma, como sempre fazia, lendo o jornal. Ele tinha cumprido a missão de manter a tradição de que todos ficassem atualizados, em homenagem ao sr. Mpofu, que ainda não havia sido encontrado.

Tanyaradzwa e Shamiso estavam sentadas lado a lado, trabalhando juntas. A nova professora entrou. Era uma mulher jovem, alta e negra, com os cabelos presos em um coque. Ela parecia recém-saída da universidade.

– Por favor, peguem seus livros – disse em uma voz séria. – Vocês estavam fazendo muito barulho. Onde está o monitor da classe?

A turma ficou quieta. Shamiso olhou para a mesa da Paida. Ela não tinha retornado. Tudo o que ouviram foi que a mãe a mandara para outra escola, talvez para evitar a humilhação.

– OK, quem pode resolver isso para mim? – perguntou a professora enquanto escrevia um problema no quadro. Os alunos ficaram em silêncio. Eles ainda não tinham estudado isso.

Shamiso sorriu, lembrando-se do livro que o sr. Mpofu usara para enchê-la de problemas.

– Eu posso – disse, confiante, erguendo a mão.

60

O pescoço ainda coçava. Mas, enquanto segurava o cigarro, Shamiso não pôde deixar de imaginar como seria encontrar consolo em outra coisa. Talvez a música. Talvez a escrita. Shamiso estava nos bastidores, ouvindo a multidão que cantava acompanhando a banda. Ela nunca tinha tocado na frente de uma audiência antes. Sentiu a ansiedade chegando. Tanyaradzwa surgiu.

– Você está pronta?

Shamiso assentiu. Seu coração dançava um tango no peito. O mestre de cerimônias anunciou a banda. Shamiso respirou fundo. A multidão aplaudiu e as meninas entraram no palco. Shamiso viu a mãe e a avó sentadas na frente. Os pais de Tanyaradzwa estavam mais longe, debaixo das árvores. Ela olhou para Tinotenda, ao fundo, de pé com o saxofone na mão, pronto para soprar.

Shamiso sinalizou para a banda começar. A música começou, instrumentos harmonizando suavemente e construindo uma canção. A banda soltou a música no ar. A *mbira* conduzia a música *Ishe Komborera Africa*[18]. Os sons lentos de jazz do saxofone dançavam no horizonte e provocavam o violão e o teclado. Shamiso olhou para Tanyaradzwa, cuja voz enferrujada amarrava todos os sons.

O céu chorou, tocado pela melodia. A mãe de Shamiso fechou os olhos, o rosto virado para cima, apreciando as gotas que beijavam

---

[18] Ishe Komborera Africa: "Deus abençoe a África". É uma canção popular na África Austral composta por um professor sul-africano chamado Enoch Santonga. Depois que o Zimbábue conquistou a independência em 1980, a música foi traduzida para o *shona* e chamada *Ishe Komborera Zimbabwe* – o primeiro hino nacional do país.

sua pele. A multidão ficou maravilhada com os gritos selvagens e potentes da *mbira*, que rugia e despertava uma esperança rara o suficiente para impressioná-los e preciosa o bastante para servir de fuga.

Agradecimentos

Eu devo minha gratidão mais profunda a todos os meus amigos e familiares por me encorajarem e me apoiarem durante meu processo de escrita.

Mas, primeiramente, eu gostaria de agradecer minha grande amiga (e mãe adotiva) Janet Johnston, que me fez publicar este livro. Obrigada, dentre tantas coisas maravilhosas, por literalmente fazer o papel de agente deste livro.

Também gostaria de agradecer minha amada amiga e irmã Yeukaishe Hope Nyoni, homenageada no título do livro, por ser sempre a minha leitora oficial e por sempre me dizer, por todos esses anos, para nunca desistir e continuar tendo esperança.

Este livro também não teria se concretizado sem uma das minhas amigas mais queridas, Kamogelo Chadi. Eu nunca conheci ninguém na minha vida com tanto talento para espantar a procrastinação de dentro de um ser humano quanto ela. Eu devo tanto a você.

Às minhas maravilhosas amigas Keitumetse Teko, Tariro Mutyavaviri e Nonjabulo Tabede, obrigada por todo o apoio e encorajamento; obrigada por, basicamente, serem sempre a base onde me apoio.

Também agradeço imensamente minha colega Jean Moore, que arranjou um tempo em meio a sua agenda lotada para ler algumas versões iniciais desta história, e que me deu muitas dicas e fez críticas construtivas.

Também devo uma vida inteira de gratidão a minha editora, Felicity Johnston, que me descobriu sem querer e ajudou a trazer a história de Shamiso e Tanyaradzwa para a luz. Você é um anjo e provavelmente uma das pessoas mais pacientes do mundo.

Também preciso agradecer à equipe maravilhosa da editora Bonnier Zaffre, incluindo Carla Hutchinson, Tina Mories, Talya Baker, Anna Morrison e Alex Allden, pela ajuda e pelo apoio, e por serem tão pacientes e extremamente solícitos com uma nova voz no mundo da ficção para jovens-adultos.

Aos meus irmãos, Tafadzwa e Heather Tavengerwei, Tendai Nyoni e Rejoice Gon'ora, obrigada por serem minha reserva de memórias e por me ajudarem a lembrar de como foi 2008 quando eu esquecia, e também pelas muitas opiniões inteligentes sobre o que estava acontecendo no país naquela época. Mas obrigada também por sempre me apoiarem e torcerem por mim.

Agradeço imensamente à minha família do World Trade Institute, Andre Apollus, Maria Bravo, Fuji Anrina, Jorge Seminario e meus outros amigos, Anvar Rahmetov, Elloa Aboubakar, Selma Matsinhe, Selma Boz e Kajori De. Obrigada por tudo que comemos celebrando este livro.

E, é claro, mesmo que este livro seja para vocês, Mamãe e Papai, obrigada, novamente, por vocês serem quem são, e por serem tão bons nisso!

Por fim, obrigada ao povo do Zimbábue, cujas histórias de esperança e perseverança durante 2008 inspiraram este livro. Nunca abandonem a esperança.

fontes	Quicksand (Andrew Paglinawan)
	Josefin Sans (Santiago Orozco)
	Crimson (Sebastian Kosch)
	Knewave (Tyler Finck)
	Kalam (Indian Type Foundry)
papel	Pólen Soft 80 g/m²
impressão	BMF Gráfica